CORS CARON

Meleri Wyn James

y Olfa

Diolch:

I fy nheulu a fy ffrindiau am eu cariad.

I bawb yng ngwasg y Lolfa am eu cefnogaeth,
ac i'r Cyngor Llyfrau am y cymorth ariannol.

I Meinir a Huw am y gwaith golygu gofalus
ac i Charlotte Baxter am y gwaith celf gwych.

Argraffiad cyntaf: 2022
© Hawlfraint Meleri Wyn James a'r Lolfa Cyf., 2022

Gwaith celf: Charlotte Baxter

Rhif Llyfr Rhyngwladol: 978 1 78461 857 5

Dymuna'r cyhoeddwyr gydnabod cymorth ariannol
Cyngor Llyfrau Cymru

I bobol ym mhob man
sy'n byw gydag epilepsi

'CARON? FI SY 'ma, Dad. Caron... pam ti ddim yn ateb y ffôn?

'Drych, dwi'n gwbod bod ti'n grac 'da fi... ond, wel, dwi angen siarad 'da ti. Dwi angen siarad 'da ti nawr...

'T'wel, ma 'da fi... Ma rhwbeth 'di digwydd... Dwi ddim eisie gweud wrthot ti ar y ffôn...

'Ti ddim ar y gors, wyt ti? O, Caron fach.

'Ma Dad yn poeni. Ma 'da fi newyddion drwg ofnadw... Caron? Ffona fi! Plis, plis! Ffona fi, nawr!'

1

'Caron, ble wyt ti? Caron, dwi 'di ca'l llond bola nawr!'

Fe allai Caron glywed llais ei ffrind yn ei dyrnu fel y gwynt. Ond ni wnaeth unrhyw ymdrech i symud. Rhyw hwyliau fel'ny oedd arni heddiw.

Rhoddodd y clustffonau di-wifr ar ei phen a suddo i diwn ddi-ildio Candelas.

'Gadael y wlad a gadael fy ngwlad
Dwisio'r siawns i weld y byd.'

Dim rhyfedd nad oedd Iwan yn gallu ei gweld, meddyliodd.

Roedd haul yr hydref yn prysur suddo y tu ôl i'r gorwel fel ceiniog rydlyd yn cwympo i mewn i gadw-mi-gei. Ac roedd y gors yn lle da i guddio. Teimlai Caron fel petai hi mewn basged enfawr, wedi ei hamgylchynu gan y brwyn. Safai'r coesau pigog mewn cylch o'i chwmpas, yn ei gwarchod fel gwaywffyn. Ei gwarchod rhagddo fe. Roedd hynny'n beth od i'w feddwl am ei ffrind gorau, ei ffrind bore oes. Ond dyna sut oedd hi'n teimlo y funud honno. Roedd mor bigog â brwynen ar ôl popeth oedd wedi digwydd yn ddiweddar, ac roedd ei thad wedi cael profi ei thafod miniog hefyd.

Cuddiai Caron fel cath, ond doedd hi ddim yn gwbwl gyfforddus yn ei gwâl chwaith. Cododd ar ei chwrcwd ac estyn ei llaw i deimlo pen ôl ei throwsus. Ych. Gwlyb. Crynodd yn yr oerfel. Estynnodd yr iPhone o boced ei chot i weld yr amser. Roedd y signal yn mynd a dod wrth gwrs. Dim byd yn rhyfedd yn hynny ym myd arallfydol Cors Caron. Ond gallai weld ei bod hi'n ddeng munud i chwech. Bron yn amser swper. 'Rhedeg i fyny ac i lawr. Rhedeg i Paris…' Fe ddylai hi ddechrau meddwl am fynd adre, sbo, neu fyddai Dad ar ei phen eisiau gwybod ble fuodd hi a gyda phwy. Clywodd ei bola'n grwgnach. Yr un pryd, sylwodd ar rywbeth arall. Neges. *Missed call*. Diffoddodd y gân.

'Dere mlân, Caron!' Torrodd llais Iwan ar ei synfyfyrio. 'Dwi 'di ca'l digon. Dwi'n ei feddwl e. Dwi'n mynd. Wedyn, fyddi di yma ar ben dy hunan bach. Ti a'r bwci-bo.' Chwarddodd ei ffrind yn gras. Gwenodd hithau wrth ei ddychmygu'n chwilio'r gwair gwyllt i bob cyfeiriad. Roedd hi'n hen gêm ganddyn nhw. Cuddio rhag y bwci-bo. Hen fwystfil y gors oedd yn dwgyd plant bach. Do'n nhw ddim yn blant bach nawr, ond eto... Roedd drwgargoel yn y drysni. Teimlodd ias i lawr ei hasgwrn cefn.

'Bant â ti, 'te!' meddai Caron dan ei gwynt.

Petai hi ddim yn teimlo mor styfnig â mul fe fyddai wedi ei floeddio'n uchel. Fe fyddai hi'n iawn ar ei phen ei hun. Hi oedd wedi arwain Iwan i ganol y gors. Do'n nhw ddim wedi dilyn unrhyw lwybr arbennig, dim ond troedio'n igam-ogam i ble bynnag ro'n nhw'n ffansi. Llwybr i ymwelwyr oedd yn cael ei greu ar hyd rhan o'r hen reilffordd, er mwyn i bobol fwynhau'r gors heb amharu ar yr harddwch gwyllt. Ond nid ymwelydd oedd Caron. Roedd hi wedi byw ar stepen drws y gors erioed a'i thad oedd y warden, a oedd wedi treulio oriau di-ben-draw yn astudio'r erwau mawnog. Yn ei meddwl hi roedd ganddi bob hawl i gerdded ar hyd y tiroedd anwastad, yn union fel yr oedd pobol Tregaron wedi ei wneud ers canrifoedd.

Mentrodd Caron giledrych ar ei ffrind rhwng

gwallt gwrach y brwyn garw. Rhyfedd oedd cael cyfle i edrych arno'n iawn. Yr un hen Iwan oedd e i Caron o hyd. Ffrind. Mêt. BFF. Ond roedd hi'n cael ei gorfodi i'w weld trwy lygaid eraill. Llygaid rhai o'r merched eraill. Roedd hyd yn oed Cêt, ei ffrind gorau, oedd wedi symud i Dregaron yr haf diwethaf o Aberystwyth, yn stopio i syllu pan oedd e'n rhedeg ar hyd y cae chwarae yn ei siorts rygbi.

Oedd e'n bishyn, 'te? Gorjys? Edrychodd Caron ar Iwan o bell. A allai hi weld beth oedd Cêt yn ei weld? Roedd e'n dal a chanddo ysgwyddau llydan fel pob chwaraewr rheng ôl gwerth ei halen. Edrychai ei wallt melyn, wedi'i siafio, yn rhyfedd o dywyll a hithau'n dechrau nosi – gwahanol iawn i'w mwng anniben hi, fel tapestri o fwsog coch. Roedd yn rhaid iddi ddychmygu ei lygaid glas drygionus. Yn ôl y merched eraill, Iwan oedd y crwt mwyaf golygus yn eu blwyddyn nhw, yn hawdd. Na, roedd Caron wedi treulio gormod o amser yn ei gwmni i weld dim byd ond ffrind.

Ffrindiau. Dim ots beth oedd Lydia Angharad a'r gang wedi ei ddweud amser egwyl. 'Ti'n lyfo Iwan Lewis.' Dweud er mwyn ei chorddi, ac roedd hi wedi llwyddo. Clywodd Caron ei hun yn gweiddi ar Lydia Angharad yn ei phen. 'Fi ac Iwan yn ca'l sbort 'da'n gilydd. 'Na i gyd.' Ond doedd hi ddim wedi ei ddweud e wrth gwrs. Dim ond teimlo'n grac tu mewn a gwrido fel haul.

Ar y gair torrodd llais Iwan trwy'r gwyll. Chwip yn taro ceffyl.

'Ta-ra, Caron! Wela i di – ac os na wela i di…' Gafaelodd y gwynt yn ei eiriau a'u cipio ymaith.

Arhosodd Caron yn y tawelwch am funud neu ddwy. Roedd yr oerfel yn cnoi. Crynodd. Fe fyddai'n iawn. Roedd ganddi ffôn. Edrychodd ar y sgrin. Dim signal. Ond roedd arwydd ar y sgrin – Voicemail.

Doedd dim byd yn poeni Iwan rhyw lawer, ac roedd hynny'n rhyddhad i Caron pan oedd pethau'n anodd gartre: Dad a hi wedi symud i'r tŷ rhent ger y gors ar ôl blynyddoedd o din-droi yn yr hen le. Trio dod i batrwm a'i thad yn gwneud ei orau, er ei fod e'n fyr ei amynedd pan fyddai gormod i'w wneud. Roedd Iwan yn gyffforddus yn ei groen ac roedd Caron yn cael hyder o'i agwedd e. A beth amdano fe? Oedd Iwan yn edrych arni hi'n wahanol dyddiau hyn? Nawr ei bod hi'n gwisgo bra? Nag oedd, wrth gwrs ddim. Ond beth os oedd e'n ffansïo un o'r merched eraill? Beth fyddai'n digwydd iddi hi wedyn?

Gwgodd Caron. Allai hi ddim cofio pam oedd hi'n cuddio erbyn hyn. Dechreuodd fel gêm. Rhywbeth i dynnu coes Iwan, y jocer mawr ei hun. Roedd Caron yn rhy hen i chwarae cwato. Ond fe gododd rhyw chwiw arni. Roedd hi eisiau teimlo'r gwynt yn aflonyddu corwynt ei gwallt, eisiau teimlo'n rhydd ar ôl diwrnod yn gaeth i amserlen ysgol. Fe redodd ar garlam gan deimlo'r gwair yn taro cefn ei choesau fel pan oedd hi'n ferch fach. A nawr? Beth oedd hi'n ei wneud nawr?

Yn sydyn, daeth sŵn i'w dihuno o'i breuddwyd.

2

' SHWSH NAWR!' BRATHODD.

Eisteddodd y terier bach yn ufudd. Allai Rhys ddim meddwl yn strêt. Roedd hi wedi troi chwech, swper yn y meicrodon a doedd dim sôn amdani. Roedd e wedi bod yn trampo 'nôl a mlaen, a 'nôl a mlaen yn y gegin fach, y ci wrth ei gynffon. Ond roedd e wedi eistedd nawr. Ac roedd y terier yn methu deall.

'Ble ma hi, Sam? Ble ma Caron?' gofynnodd iddo, a chael cyfarthiad yn ateb.

Falle'i bod hi ar y ffordd 'nôl, y funud yma. Doedd dim signal cryf ar y gors wrth gwrs. Meddalodd Rhys.

'Sori, Sam bach. Sori, doedd Dad ddim wedi meddwl codi'i lais.' Rhoddodd faldod i'r blew garw. 'Pobol ifanc, so nhw'n meddwl bod hen bobol fel ni yn becso, odyn nhw? Ond ma rheswm da pam ni'n becso, on'd o's e?' Diflannodd y wên. Roedd mwy nag un rheswm pam roedd e'n poeni heno.

'Gest ti ddim mynd gyda hi tro 'ma, do fe? Fe

ddeith hi 'nôl – os na fydd hi 'nôl i 'ngweld i ddaw hi 'nôl i dy weld di.'

Edrychodd o'i gwmpas. Roedd e adre'n gynnar. Cwynodd y ci. Doedd e ddim yn natur Rhys i wneud dim. Estynnodd am ei ffôn.

3

SGRECH!
 Bu bron i Caron neidio o'i chroen. Gallai glywed ei chalon yn curo'n galed a brwydrodd i dawelu ei hun er mwyn anadlu'n naturiol unwaith eto. Beth oedd yn bod arni? Roedd hi'n nabod y gors fel cefn ei llaw. Dyma'i pharc chwarae hi ac Iwan. Ail gartre iddyn nhw. Ac eto, gyda'r nos, edrychai mor ddieithr â thwnnel y trên sgrech. Ar y gair, dyna hi eto! Sgrech uchel yn y tywyllwch. Aeth cryd i lawr ei hasgwrn cefn. Roedd hwn yn lle perffaith i lofrudd guddio.

'Paid â bod yn gyment o fabi,' rhesymodd, ac addo gwylio llai o ffilmiau arswyd. 'Barcud, 'na i gyd.' Ond roedd hi'n gwybod yn ei chalon nad barcud oedd hwn. Dim fan hyn. Dim amser hyn o'r nos.

Edrychodd i gyfeiriad Iwan, nid achos bod arni ofn ond am ei bod hi angen gweld rhywun arall. Roedd y gors o fewn tafliad carreg i'r dre, ond roedd hi'n gallu chwarae triciau. Fe allech chi deimlo fel yr unig berson ar y blaned pan oeddech wedi eich dal gan ei gwylltineb. Oedd Iwan yno o hyd? Allai Caron weld dim byd ond cysgodion.

Oedd hi'n saff iddi symud? Teimlodd ddiferyn ar ei thrwyn, ac yna un arall, ac un arall oedd yn ddigon i benderfynu drosti. Mentrodd ar ei thraed gan deimlo'n stiff fel hen fam-gu. Roedd hi'n bwrw glaw yn ysgafn, a symudodd Caron yn gyflym o grafangau'r gawell frwyn gan geisio cau ei chlustiau rhag unrhyw synau dieithr oedd yn bygwth tarfu arni.

Daeth yr ergyd mor glou fel na chafodd amser i godi ei breichiau i'w hamddiffyn ei hun. Un eiliad roedd hi ar ei thraed yn symud tuag adre a'r eiliad nesaf roedd hi ar y llawr gyda phwysau trwm ar ei phen, yn ei gwasgu yn erbyn y glaswellt gwlyb. Llenwyd ei ffroenau gan oglau'r pridd. Roedd hi wedi ei llorio gan dacl rygbi. Wrth feddwl hynny sylweddolodd yn syth. Diflannodd yr ofn fel mwg.

'Be ti'n neud, y twpsyn?!' Roedd hi'n gynddeiriog.

Chwarddodd Iwan dros y lle i gyd, gan rowlio

oddi arni a gorwedd ar y llawr wrth ei hymyl. Yna trodd ar ei ochr tuag ati gan orffwys ei ben ar ei law. Trodd hithau tuag ato. Roedden nhw drwyn yn nhrwyn, bron iawn. Gallai Caron ddychmygu ei anadl e a'i hanadl hi yn codi fel stêm ac yn cymysgu'n un blethen niwlog. Roedd yn deimlad od bod mor agos iddo. Teimlodd bluen fach yn cosi ei pherfedd.

'Yyy. Mae'n wlyb.' Chwiliodd Caron am rywbeth i'w ddweud. Cododd ar ei heistedd yn gyflym a thynnu'r hwd am ei phen.

'Gest ti-i o-fan!' canodd Iwan, plentyn bach yn gwatwar ffrind.

Teimlodd Caron rywbeth yn ei phigo, brwynen fel bys yn ei hochr.

'Paid!' meddai'n siarp.

'Ma'n ocê, ti'mod – i gyfadde gwendid… cyfadde bod ofn arnot ti… bod ti ffaelu byw hebdda i,' meddai Iwan gan chwerthin.

Edrychodd Caron ar ei lygaid disglair yn disgwyl arni. Beth oedd yn mynd trwy ei feddwl?

'Dwi'n mynd gatre,' meddai Caron.

'Ti? Mynd gatre'n gynnar? Rhaid bod 'da ti waith cartre pwysig iawn,' brathodd Iwan.

Gwridodd Caron. Meddyliodd am yr alwad roedd hi wedi ei methu. Gwasgodd y botwm ar flaen y ffôn a bwydo ei rhif iddo. Gallai weld yn glir pwy oedd wedi ei ffonio. Dad.

Clywodd ystlumod uwch eu pennau. Ambell un yn hedfan yn isel. Dychmygodd y nos yn cripian o'u hamgylch, yn eu gwasgu a'u mogi.

Cododd Iwan ar ei draed yn syndod o sionc. Doedd e ddim yn gwisgo cot.

'Ti'n dod?' Estynnodd ei law ati. Roedd cysgod o wên ar ei wefus.

'Mewn munud,' atebodd Caron.

Dechreuodd Iwan gerdded i ffwrdd yn araf, i roi amser iddi newid ei meddwl. Ond ni symudodd Caron. Fe fyddai'n ei ddilyn, cyn iddo fynd o'r golwg yn gyfan gwbwl. Gwyliodd e'n cerdded, ei ysgwyddau'n isel. Roedd hi'n bwrw'n drwm erbyn hyn. Synnodd mor gyflym y newidiodd e o fod yn Iwan i fod yn gorff, yn siâp, yn ddarnau bach yn y gwyll…

yn ddüwch…

yn ddim.

Daeth grwgnach y daran i darfu ar y llonyddwch.

'Rhedeg i ffwrdd i ddod yn ôl,

Dwi'n rhedeg i Paris.'

Daeth y geiriau o rywle. Cân Candelas. Ro'n nhw'n siarad â hi.

'Aros!' Synnodd Caron at yr angerdd yn ei llais. Gallai ffeindio ei ffordd yn ôl, hyd yn oed yn y tywyllwch. Torrwyd y llen ddu gan fflach mellten. Am eiliad gwelodd Caron bob math o angenfilod ar dir y gors. Aeth hi'n dywyll eto. Roedd ganddi ei ffôn. Gallai ei ddefnyddio fel tortsh i arwain y ffordd. Edrychodd Caron o'i chwmpas. Roedd pob man yn edrych yr un peth. Syllodd ar y ffôn a gweld wynebau Cêt a hithau'n gwenu fel gatiau arni. Cafodd hyder o hynny.

Fe fyddai hi adre ymhen dim, yn bwyta llond bola o *spaghetti bolognese*, neu beth bynnag fyddai Dad wedi ei dynnu mas o'r rhewgell y noson gynt. Gallai ei ffonio wedyn a chlywed ei gyfrinach fawr, gyffrous am y gors. *Big deal*. Doedd hi ddim mor grac erbyn hyn. Roedd y gors a geiriau'r gân wedi helpu, wedi dwyn ei drygau.

Roedd e wedi bod wrthi fel lladd nadroedd yn ddiweddar yn ceisio cael y ganolfan ymwelwyr uwch y mawn yn barod i'r gwanwyn. Byddai'n conan nad oedd amser ganddo i fwyta ei hoff frechdanau tiwna a chaws. Rhyfedd iddo wneud amser i'w ffonio hi o'r gwaith. Roedd hyd yn oed wedi trafferthu gadael neges iddi.

Dyn mwyn oedd ei thad, ond roedd e'n cyffroi'n lân pan oedd e'n siarad am ei hoff bynciau. Ac ar hyn o bryd ei hoff bwnc oedd Cors Caron a'r ffordd roedd e a'i dîm bach yn benderfynol o ddod â'r hen le yn ôl i'w lewyrch cynt, a sicrhau ei ddyfodol.

'Dyw pobol ddim yn gwbod ei hanner hi am yr hanes sy ar eu stepen drws,' byddai'n pregethu, fel plentyn bach yn parablu ar fore ei ben-blwydd.

Beth oedd hwnna? Sgrech arall? Neu a oedd Iwan yn chwarae triciau eto? Roedd hi'n bryd iddo dyfu lan, wir! A fyddai'r merched eraill yn meddwl ei fod e'n ddyn mawr, golygus petaen nhw'n gwybod cymaint o fwlsyn oedd e? Teimlai'r glaw'n oer fel bysedd.

Clywodd daran yn rhuo. Roedd yn agosach na'r un cynt. Symudodd Caron mor glou ag y gallai. Roedd hi'n amhosib rhedeg. Beth oedd ei thad eisiau? Yn sydyn, baglodd dros glwmpyn o wair. Llwyddodd i sythu ei hun cyn iddi gwympo. Stopiodd. Oedd hi'n mynd y ffordd iawn? Ffordd hyn roedd Iwan wedi mynd, ife? Fyddai hi'n synnu dim petai e'n hyrddio mas o'r tywyllwch unrhyw funud a'i llorio gyda thacl arall. Stopiodd ac edrych o'i chwmpas. Doedd hi'n gweld fawr pellach na'i thrwyn ac roedd hi'n eithaf balch o hynny. Ceisiai beidio ag ofni beth oedd yn cuddio yn y cysgodion. Goleuodd Caron y ffôn a chafodd siglad wrth i hwnnw ddechrau canu bron yn syth. Rhaid bod ganddi signal! Roedd ei dwylo'n crynu wrth iddi ateb y ffôn.

'Helô,' meddai, mewn sioc o hyd.

'Dad sy 'ma. O, diolch byth!'

Clywai'r rhyddhad. Rhyddhad iddo gael gafael arni. Eu bod nhw'n siarad â'i gilydd eto.

'Dad?'

'Gest ti'n neges i?'

'Do, naddo, ond Dad —'

'Ble wyt ti? Ti ddim mas ar y gors, wyt ti?'

'Yyy… odw.'

'Caron, gwranda arna i. Dwi moyn i ti ddod o 'na nawr. Ti'n clywed fi?'

'Ocê… ond, ond, pam? Be sy'n bod, Dad?'

'Dim dadlau, plis.'

'Dad, dwi'n iawn.'

'Wyt, wyt. Wrth gwrs dy fod ti.'

'Pam ti'n streso?'

'O'n i ddim eisie gweud 'thot ti ar y ffôn.'

'Gweud beth? C'mon, Dad…'

Cliriodd ei lwnc. 'Ni 'di ffeindio corff, yn y mawn ar y gors… Plentyn falle.'

Llamodd calon Caron i'w gwddf.

'Dad!… Dad!… Ti 'na?… Dad!'

Trodd Caron rownd a rownd yn wyllt, yn ymestyn ei breichiau yn chwilio am signal. Ei thraed yn dal mewn clympiau o wair.

Fflachiodd mellten arall a thorri'r awyr yn ei hanner. Cafodd Caron ofn dychrynllyd pan welodd hi ble oedd hi. Roedd hi wedi dod at ymyl y mawn tywyll. Roedd ei thraed yn suddo yn y mwd dyfrllyd. Ceisiodd eu codi un ar y tro ond roedd y brwyn stecslyd fel breichiau'n gafael ynddi a'i thynnu i lawr. Roedd y glaw'n cwympo fel picelli bach, yn gwneud eu gorau i'w bychanu, fel nad oedd hi'n siŵr o ddim byd. Dechreuodd ei phen droi fel chwyrligwgan. Roedd ei brest yn dynn, roedd hi'n methu anadlu. Teimlodd Caron ei hun yn disgyn i'r dyfroedd.

4

FFRYDIODD LLOND CEG o ddŵr o'i cheg. Yn syth roedd Caron yn ymwybodol o berson arall uwch ei phen.

'Ti 'di dihuno!' meddai'r llais.

Llais bachgen.

Gallai ei glywed cyn ei weld. Roedd fel edrych ar y byd trwy galeidosgop. Roedd pethau'n symud a dim byd yn glir. Meddyliodd Caron amdani ei hun unwaith eto'n llithro ar hyd twnnel troellog y trên sgrech. Cododd ar ei heistedd a theimlo dŵr yn dod o'i chlustiau. Roedd hi'n wlyb at ei chroen.

''Co ti,' meddai'r bachgen.

Cymerodd Caron y peth oedd yn cael ei gynnig iddi, a sylweddoli mai blanced oedd e, wrth iddi gael ei lapio am ei hysgwyddau. Roedd y defnydd yn teimlo'n stiff ac yn startshlyd ac yn gwneud iddi gosi, ond o leiaf roedd yn sych ac yn gynnes. Roedd ei dannedd yn rhincial.

'Oes enw 'da ti?'

Ei henw? Doedd hi ddim yn gwybod yr ateb.

Roedd ei phen yn drwm. Cafodd bwl difrifol o ofn. Panig. Yna, fe saethodd y gair mas o'i cheg.

'Caron,' meddai.

Roedd e'n teimlo'n od. Y gair yn ei cheg. Roedd dweud unrhyw beth yn teimlo'n od. Doedd ei genau ddim fel petaen nhw'n gweithio'n iawn. Fel petai hi'n byped, a rhywun arall yn ei rheoli.

Cyn gynted ag y dwedodd hi'r gair, roedd hi'n gwybod rhyw ffordd mai dyna'r ateb cywir. 'Caron' oedd ei henw hi.

Allai hi ddim meddwl am lawer o ddim byd arall. Meddwl…? Cofio oedd y gair. Allai hi ddim cofio dim byd arall.

Roedd ei phen yn glwc a'i thafod yn dew. Doedd hi heb fod yn yfed alcohol, oedd hi? Fyddai Dad yn ei lladd hi.

Oedd, roedd ganddi dad! Er na allai weld ei wyneb chwaith. Ond gallai glywed ei lais. Llais caredig… A mam? Sut un oedd ei mam? Allai hi ddim cofio dim byd amdani hi. Teimlai banics achos hynny.

Pwy oedd hwn? Doedd hi ddim yn ei nabod e, oedd hi? Doedd e ddim yn ei nabod hi. Roedd e newydd ofyn am ei henw.

Ble oedd hi? Yng nghanol nunlle. Yng nghanol y gwair. Na, dim 'gwair' oedd y gair am hwn. Roedd yn dal ac yn arw. Ac roedd y gwair tal, garw ym mhob man. Roedd y lle'n gyfarwydd, ac eto'n anghyfarwydd. Roedd y teimlad yma'n anghyfarwydd, ac eto'n gyfarwydd.

Lle dieithr. Bachgen dieithr. Crynodd.

Dechreuodd gerdded. Ond doedd hi ddim yn gwybod ble roedd hi'n mynd chwaith. Roedd e'n teimlo fel y peth iawn i'w wneud. Ymlaen. Un droed o flaen y llall. Dianc. I rywle…

Roedd hi'n symud. Yn gyflym. Yn meddwl am redeg. Ei phen fel candi-fflos. Candi-fflos mawr yn siglo'n ôl a mlaen ar ddarn hir o bren. Ac yna, teimlodd y boen. Poen ofnadwy nad oedd wedi teimlo ei debyg erioed. Doedd e ddim yn ei phen. Roedd e ar ei choes. Fe allai deimlo ei hun yn baglu, yn colli gafael. Roedd hi'n mynd i gwympo. Yna, cydiodd dwy fraich ynddi. Dwy fraich fawr front – un dan ei chesail chwith a'r llall ar draws ei chefn ac yng ngarddwrn ei braich dde. Roedd rhywbeth yn dweud wrthi nad oedd neb wedi gafael ynddi fel hyn o'r blaen.

'Wow, wow, wow! Ble ti'n mynd, groten? Ti'n mynd i ga'l dolur.'

Yn sydyn, roedd ei phen yn troi fel top ac roedd hi'n cwympo eto. Ond y tro hwn, teimlodd ei chorff a'i meddwl yn mynd.

5

'BLE MA HI, Iwan? Ble ma Caron?'
        'Sai'n gwbod.'

Roedd ei ben yn teimlo'n drwm, ei ymennydd ddim yn gweithio – ie, ie, yn llai nag arfer. Ha-ha, Caron.

Doedd e ddim *yn* cysgu. Ond roedd e ar ei ffordd, pan alwodd ei dad arno. Edrychodd Iwan ar y ffôn. 11.30! Y nos! Cyn iddo gael cyfle i feddwl beth yn y byd oedden nhw eisiau amser hyn, clywodd bitran-patran ei fam yn rhuthro lan y staer ac i mewn i'w stafell, heb gnocio hyd yn oed.

'Oi!' galwodd Iwan.

Tynnodd ei fam y dwfe oddi arno. Roedd ei llygaid yn fawr ac yn dywyll.

'Well i ti ddod lawr. Ma'r heddlu 'ma. Ma'n nhw'n ffaelu ffeindio Caron.'

Cododd Iwan yn anfoddog. Roedd ofn ei fam yn heintus.

'Ti a Caron, chi'n ffrindiau, y'ch chi? Ffrindiau gorau? Ffrindiau bore oes?'

Deg munud yn ddiweddarach. Roedd Iwan wedi gwisgo tracwisg dros ei siorts. Ond teimlai'n dipyn o idiot o flaen hon – y Ditectif Arolygydd, â'i siwt smart, ei chroen brown, llyfn, ei gwallt tywyll wedi ei eillio'n fachgennaidd. Roedd e'n ei siwto hi.

D.I. Prasanna oedd ei henw.

Roedd ganddi iwnifform yn gwmni. Loughty. Ai dyna ei gyfenw? Ai fe oedd gyda'r heddwas ddaeth i'r ysgol ryw dro, i siarad am bwysigrwydd parchu pobol eraill? Caron. Nytyr. Fyddai hi wir yn aros mas trwy'r nos? Fyddai e'n synnu dim 'da honna. Edrychai'r iwnifform yn hŷn na hi, y D.I., fel y byddai pobol oedd yn colli eu gwallt. Roedd ei fam yn y cefndir, a'i dad yno yn rhywle – gofid yn golur ar wyneb Mam, Dad a'i freichiau ymhleth, yn ceisio dangos dim fel arfer.

Agorodd Iwan ei geg yn ddifeddwl. Roedd e'n hanner cysgu.

'Ie. Ond sai 'di gweld hi.'

'So ti 'di gweld hi… So ti 'di gweld hi heno? Neu, so ti 'di gweld hi o gwbwl?'

'Naddo.' Doedd e ddim wedi ei gweld hi ers

oriau! Faint o'r gloch oedd hi eto? Rhwbiodd ei dalcen.

'Ond roedd Caron yn yr ysgol heddiw. Mae cofrestr yr ysgol yn dweud hynny. Felly, ti wedi ei gweld hi…'

Roedd y Ditectif Arolygydd yn ddigon cyfeillgar, ond syllai i fyw ei lygaid glas. Beth oedd hi'n gobeithio'i weld?

'Do. Ond ni ddim yn yr un dosbarth cofrestru.'

'Ni wedi bod yn siarad gyda'i ffrindiau hi, Iwan. Mae sawl un wedi cadarnhau eu bod nhw wedi dy weld di – a Caron. Roedd y ddau ohonoch chi yn yr ysgol heddiw.'

'O'n, ond wnaethon ni ddim, chi'mod…'

Cofiodd Caron yn tynnu ei goes ar ôl y ddarlith fach 'na yn yr ysgol am drin menywod gyda pharch ac urddas, yn dweud ei bod yn disgwyl mwy o barch wrtho fe o nawr mlaen. Roedd hi wedi chwerthin am y peth, ond roedd e wedi cochi. Fyddai e ddim yn breuddwydio…

Edrychodd Iwan ar ei ffôn. Dechreuodd lifo'r negeseuon, yn chwilio amdani hi.

'Rho'r blydi *thing* 'na lawr!' arthiodd ei dad.

Ochneidiodd Iwan a rhoi'r ffôn yn ei boced. Roedd yn fflamgoch.

Tro'r heddwas oedd hi i holi wedyn. Siaradai'n gyflym.

'Fuon ni'n siarad ag un o dy ffrindiau di…' Edrychodd yn ei lyfr bach. 'Owen Roberts. Roedd e'n dweud dy fod ti wedi mynd i'r gors ar ôl ysgol.'

Diolch, mêt, meddyliodd Iwan. Cofiodd fod mam Owen yn heddwas. Roedd ychydig bach o ofn arno nawr.

'*So what*? Do. Dwi'n mynd yn amal,' meddai'n amddiffynnol.

'Gyda dy ffrind – Caron?'

'Weithie, ie.'

Teimlai ei galon yn rasio. Oedd hyn yn digwydd? Heddlu yn y stafell fyw? Caron ar goll?

'Ni wedi ffeindio ei ffôn hi, Iwan. Ar y gors.' Y Ditectif Arolygydd eto. Roedd ei llais yn llai addfwyn nawr, fel petai'n ei rybuddio.

Roedd rhaid iddo fod yn ofalus. Dyna oedd wedi bod yn mynd trwy ei feddwl blinedig. Oedd hi'n rhy hwyr nawr?

'Os o't ti gyda hi, fe fyddwn ni'n gwybod. Fydd dy ffôn di'n dweud wrthon ni.'

Estynnodd Iwan am ei boced a theimlo ei ffôn, yn drwm ac yn galed. Fe wnaeth bwynt o beidio ag edrych ar ei rieni. Aeth eiliad neu ddwy heibio.

'Aethon ni am dro ar ôl ysgol. *So what?* Ni'n mêts.'

'Ar y gors?'

'Ie. A wedyn es i gatre. Arhosodd hi,' meddai Iwan.

'Ddath hi ddim gatre gyda ti?'

''Nest ti ei gadel hi 'na?' Ei dad oedd yn holi nawr. 'Twpsyn!' poerodd.

'Dyna ni, 'te. Diolch am eich amser,' meddai D.I. Prasanna.

Roedd Iwan yn methu credu'r peth.

'Falle ei bod hi yn nhŷ ffrind.' Ceisiodd ei fam berswadio ei hun.

'Efallai.'

'Sdim byd arall?'

Cheers, Dad.

'Na. Oni bai bod rhywbeth arall licet ti ddweud, Iwan. Ti'n sylweddoli mor bwysig yw hi i ffeindio Caron – dy ffrind – cyn i rywbeth ddigwydd iddi...'

'Wel, ateb e, 'te, grwt.'

Clywodd barablu'r heddwas. 'Y 48 awr cyntaf

yw'r rhai mwyaf pwysig. Dyna pryd mae cof pobol yn gweithio orau…'

'Iwan?' holodd ei dad.

Meddyliodd Iwan am funud. Cododd ei draed lan a lawr, heb fynd i unman.

'Sdim byd, ocê.'

Ond ar ôl iddyn nhw fynd, pan gafodd e gyfle i feddwl yn iawn, fe gofiodd am un peth – rhywbeth y dylai fod wedi ei ddweud wrth yr heddlu. Yna fe wnaeth e deimlo'n well wrth feddwl y byddai Caron wedi ei ladd petai wedi agor ei geg. Roedd hi 'run peth â phawb arall – ie, reit. Fe fyddai hi'n wallgo petai e wedi dweud fel arall wrth yr heddlu. Roedd hi'n meddwl am epilepsi fel ei phŵer arbennig hi, ddim fel gwendid. Doedd hi ddim yn cael ffitiau, y trawiadau, yn aml. Doedd hi ddim wedi llewygu ers sbel. Caeodd Iwan ei ben er ei mwyn hi. Roedd hi'n gallu gofalu amdani hi ei hun. Gobeithio ei bod hi'n reit tro 'ma, meddyliodd. Yn ei feddwl roedd e wedi ei thecstio hi. Gofyn ble roedd hi. Cynnig ei nôl hi. Dweud sori am ei gadael hi. Ond doedd e ddim wedi mentro. Rhag creu mwy o dystiolaeth yn ei erbyn.

Roedd e'n rhyddhad mai chwilio am Caron oedden nhw, eu bod nhw ddim yno achos beth ddigwyddodd ym mharti Javid. Siglodd ei ben. Teimlai'n euog am feddwl hynny. Ond byddai Caron 'nôl yn y bore. Bydden nhw'n ffrinds 'to. Tynnodd ei dracwisg a gorwedd i lawr. Estynnodd am Ellie Goulding: 'It's a little dirty how the whole thing started.'

Fuodd e oes cyn cysgu.

6

'O'N I'N MEDDWL bod ti off 'to...'
Roedd e'n dal yno. Y bachgen dieithr. Edrychai arni. Edrychodd hi arno fe. Roedd ei wyneb yn ddigon cyfeillgar. Ond roedd rhywbeth arall yn ei lygaid – ofn? Oedd arno fe ei hofn hi?

'Ti'n neud 'na'n amal – y nonsens yna?'

Siglodd Caron ei phen, ddim yn siŵr sut oedd ateb. Oedd hi wedi llewygu eto? Dim nonsens oedd hynny. Pŵer arbennig. Doedd e ddim gan bawb. Efallai'i fod e ddim wedi cwrdd â rhywun fel hi o'r blaen. Rhywun oedd yn gallu gweld y byd yn fwy byw. Rhywun oedd yn anghofio am dipyn bach. Cofiodd am y pen trwm. Roedd hi'n dechrau dod ati hi ei hun nawr eto.

Eisteddon nhw am ychydig. Roedd y flanced yn ei chysuro.

'Beth sy 'da ti ar dy dra'd?' gofynnodd y bachgen.

Roedd yn rhaid iddi feddwl am funud. Beth

oedd hi'n ei wisgo? Edrychodd i lawr i gyfeiriad ei thraed.

'Nikes.' Hanner gwelodd a hanner cofiodd.

'Naics,' meddai'r bachgen, yn ailadrodd fel robot.

Ble oedd hi? Ceisiodd feddwl – beth oedd y peth diwethaf oedd hi'n ei gofio? Roedd hi a… beth oedd ei enw fe?… Iwan! Roedd hi ac Iwan ar y gors. Yn ei meddwl, gwelai dywyllwch. Ond roedd hi'n olau nawr.

'Faint o'r gloch yw hi?' gofynnodd.

'Faint o'r gloch yw hi?' ailadroddodd y llais.

'O, sdim ots!'

Ar ba blaned oedd hwn yn byw?! Ffôn. Roedd ganddi ffôn, cofiodd. Teimlodd Caron ym mhoced ei chot am yr iPhone. Doedd dim sôn amdano. Teimlai'n grac yn syth.

'Wyt ti 'di dwgyd fy iPhone i?'

Fe allai weld bod y bachgen tua'r un oedran ag Iwan. Ond dim Iwan oedd hwn. Roedd ei aeliau yn cwrdd yn y canol. Roedd ganddo lygaid brown direidus a brychni ar ei drwyn. Roedd angen torri ei wallt browngoch yn druenus.

'Ai ffrind yw Aiffon?' Roedd ôl gofid yn ei lygaid.

'Nage…' Ofnai Caron fod cnoc ar hwn. Ond gwelodd y rhyddhad yn ei wyneb o glywed ei hateb hi.

'Gafr?… Mochyn?… Iâr?' aeth ymlaen.

Siglodd Caron ei phen.

Edrychodd y bachgen i fyw ei llygaid. 'Ma'n flin 'da fi weud bod ti ar ben dy hunan bach pan ddest ti mas o'r dŵr.'

Daeth ei chof yn ôl yn araf fel poeriadau o law. Cofiodd am Iwan a hithau'n cwympo mas… am y storm ddyfrllyd… am alwad ei thad a'r corff ar y gors… ai corff plentyn oedd e?… Cofiodd gael pwl o ofan, baglu a syrthio i'r afon…

Teimlodd Caron law oer yn gafael yn ei chalon wrth sylweddoli'r gwir. Dyna pam roedd hi wedi mynd o'r tywyllwch i'r goleuni. Dyna pam roedd pob man mor wyn. Roedd hi yn y nefoedd. Ac oedd, roedd y bachgen hwn yn llai nag oedd hi'n ddisgwyl – a doedd dim golwg o'i adenydd – ond rhaid mai dyma San Pedr. (Roedd e'n llawer rhy ifanc i fod yn Dduw. Ie, dyn oedd Duw i Caron – petai Ef yn fenyw byddai llawer gwell siâp ar bethau.)

Teimlodd yn benysgafn.

'Beth am dreial codi?' Estynnodd San Pedr ei law iddi. Roedd hi'n lico gwneud pethau drosti hi ei hunan fel arfer, ond derbyniodd ei help, dan yr amgylchiadau.

'Ble ti'n byw?' gofynnodd iddi.

'Tregaron.'

'Tregaron?'

Sant neu beidio, roedd Caron yn dechrau blino ar yr ailadrodd hyn.

'Dere mlaen, 'te. Ewn ni 'da'n gilydd,' meddai wrthi.

Chafodd Caron ddim amser i feddwl. Ceisiodd gerdded, ond roedd pwysau ei chorff yn ormod i'w choes dde a bu bron iddi gwympo yn ôl ar lawr.

'Wow, ferch! Ble ti'n mynd?'

'Aw! Fy mhigwrn! Beth ti'n meddwl ti'n neud? Paid twtsh â fe!'

Edrychodd arni'n dawel, yna ar y goes.

'Paid poeni,' meddai. 'Ma Mam cystal ag unrhyw ddoctor.'

Oedd mam San Pedr yn ddoctor? Ceisiodd gofio i dynnu ei meddwl oddi ar y boen wrth i Pedr anwesu ei ffêr. Rhyfedd. Onid oedd pobol yn anghofio am eu poenau i gyd ar ôl mynd i'r nefoedd?

'Dwi'n gwbod beth sy eisie arnot ti. Os gawn ni afel ar bach o figwyn fyddi di'n gallu cered i dŷ Mam,' meddai Pedr.

Daeth ofn drosti wrth feddwl am fod ar ei phen ei hun unwaith eto. Rhaid ei fod wedi gweld yr arswyd ar ei hwyneb.

'Paid becso,' meddai. 'Fydda i ddim yn hir. Ma digonedd o figwyn ar hyd y cloddie 'ma. Trueni bo' fi ddim yn gallu menthyg y naics.' Llygadodd dreinyrs Caron. Gwnaeth hithau ymdrech i symud ei dwy droed o'r ffordd. Roedd wedi colli ei ffôn yn barod. Doedd hi ddim eisiau i hwn ddwgyd ei sgidiau hefyd.

Wrth iddo fynd sylwodd beth oedd am ei draed yntau – dim sgidiau, dim ond sachau o ryw fath wedi eu lapio'n dynn â chortyn. Roedd gwell sgidiau mewn siopau elusen. Ac roedd ei fam yn ddoctor! Roedd e'n cloffi, ond yn trio'n galed iawn i guddio hynny. Ai dyna pam roedd e'n gwisgo sachau?

Buodd e wrthi'n trin ei choes ar ôl dod 'nôl. Ac ar ôl iddo orffen, wel, doedd hi ddim yn siŵr a oedd hi'n barod i gerdded, ond roedd hi'n barod i gyfadde bod y droed yn llai poenus. Roedd fel petai wedi mynd i gysgu a theimlai Caron yn benysgafn i gyd.

'Odw i wedi marw?' mentrodd ofyn.

'Jiw, jiw, nag wyt. Ti'n fyw ac yn iach. Cofia di, o'n i'n meddwl bod ti'n farw gelain pan dynnes i ti mas o'r dŵr.'

Llenwodd y rhyddhad ei chorff fel gwawr gynnes. Roedd hi'n fyw!

'Ti nath fy achub i?' gofynnodd Caron.

'Ie, ie. Ac o't ti'n drwm 'fyd. Nawrte, ti'n barod i dreial cered?'

Nodiodd Caron. Llwyddodd Pedr i'w chodi mewn un symudiad. Gwenodd wrth sylweddoli bod ei throed yn gymharol ddi-boen.

'So, dim Pedr wyt ti,' meddai Caron yn chwareus.

'Twm.' Estynnodd y bachgen ei law pan oedd y ddau ar eu traed a gwenu lond ei wyneb.

'Caron.' Estynnodd ei llaw hithau. Roedd ar fin ei gyffwrdd pan symudodd Twm ei fawd at ei drwyn a chwifio ei fysedd yn watwarus.

'Caron. Ar gors Caron. Sdim eisie gofyn ble fuodd dy dad a dy fam yn caru.' Roedd sglein yn llygaid Twm. 'Ti'n lwcus, Caron. Ma'n ddiwrnod mart heddi a falle fydd yna gart o gwmpas a pherchennog sy'n fodlon rhoi reid i ferch mewn angen.'

'Car ti'n feddwl.'

Edrychodd Twm arni fel petai'n ddwlali.

'Car-t. Ma'r dŵr 'na wedi mynd i dy ben di, on'd yw e! Dere, well i ni fynd.'

Dilynodd hi Twm yn araf bach. Falle ei fod e'n iawn. Falle fod y dŵr wedi mynd i'w phen. Er iddi gael ei geni a'i magu yn Nhregaron, a'i bod hi'n nabod y lle cystal ag unrhyw un, doedd hi ddim yn siŵr iawn beth fyddai'n ei disgwyl pan gyrhaeddai adre.

7

'D... Dwi'n sori.'

'Nage dy fai di yw e, boi.'

'Nage, d... dwi'n gwbod, ond —'

'Wel, 'na fe, 'te. Ti eisie rhwbeth i fyta?'

Siglodd Iwan ei ben. 'Chi'n mynd i ofyn i fi, 'te? Gofyn ble ma Caron?'

'Os byddet ti'n gwbod ble mae hi, fyddet ti'n gweud wrthon ni,' atebodd ei thad. Roedd â'i gefn at Iwan, yn ceisio torri crwstyn gyda chyllell fara. Tasg ddigon hawdd fel arfer. Ond doedd heddiw ddim yn ddiwrnod arferol. Snwffiai Sam o gwmpas, ei drwyn ar y llawr, yn bachu pob briwsionyn.

'Ti moyn y gore iddi, fel pob un 'non ni.' Siglai ei ddwylo wrth iddo geisio agor yr ham. 'Ti 'di ca'l bwyd?' Trodd at Iwan wrth ofyn y cwestiwn. Ond wnaeth e ddim edrych i'w lygaid chwaith.

'Do,' atebodd Iwan. 'Rhwbeth bach.'

'Ie, ie. Ti'n tyfu... Sai'n gwbod pam dwi'n neud y frechdan 'ma. Y peth diwetha dwi moyn yw byta.'

Rhoddodd y gorau i'r paratoi.

'Ti'n gw'boi, Iwan. Wastad yna iddi. Hyd yn o'd pan o'dd pethe'n galed.'

Doedd tad Caron yn dal ddim yn edrych arno. Canodd y corn tu fas. Byddai'n rhaid i Iwan fynd. Oedd gan hwn rywbeth i'w gwato? meddyliodd Iwan. Roedd e wedi darllen am bethau fel'na. Pan o'n nhw'n chwilio am lofrudd, y lle cyntaf o'n nhw'n edrych oedd gartre, ar y teulu... Do'n nhw ddim bob amser yn cyd-weld, ei thad a hi. Ond na, allai e ddim credu hynny, chwaith. Roedd e'n ofalus iawn o'i ferch, yn rhy ofalus falle. Fe fyddai e wedi dweud wrth yr heddlu amdani, oni fyddai, rhag ofn ei fod yn bwysig? gofynnodd Iwan iddo'i hun cyn newid ei feddwl,

'Chi 'di gweud wrth yr heddlu am Caron, do fe? Am ei phŵer arbennig hi.'

'Ti'n meddwl bod eisie? Ma hi lot gwell nawr.'

'Sai'n gwbod,' atebodd Iwan.

Nodiodd Rhys. Dechreuodd droedio o gwmpas, yn mynd i unman.

'Ma plant yn tyfu mas o bethe. Ond dim plant y'ch chi nawr wrth gwrs.' Stopiodd. Ailfeddyliodd. Rhoddodd ei law ar ysgwydd Iwan a gwasgu.

'Diolch. Ti'n reit. Ma eisie bo' nhw'n gwbod am Caron.'

Teimlai Iwan yn dost yn sydyn reit. Roedd e eisiau i dad Caron ei gysuro, dweud na fyddai hi wedi llewygu ar y gors. Nad oedd wedi cael trawiad ac yntau, Iwan, ei ffrind, wedi ei gadael hi yno. Ond beth os oedd rhywbeth *wedi* digwydd iddi? Roedd hi'n iawn pan welodd Iwan hi ddiwethaf – yn berffaith iawn. Wel, ddim yn berffaith iawn falle. Roedd hwyliau od arni. Od y diawl, os oedd e'n hollol onest. Roedd hi wedi mynnu chwarae'r gêm stiwpid yna. Cwato ar y gors. Fel plant bach. Ac unwaith aeth hi i guddio… Wel, 'na ni. Doedd hi ddim eisiau dod mas am ryw reswm. Roedd e wedi ei gweld hi – wedi'i thaclo hi ar lawr. Y dacl. Beth fyddai pobol yn ei ddweud? Fydden nhw'n camddeall? Chwarae o'n nhw. Roedd hi fel y boi bryd hynny. Ac roedd e wedi rhoi digon o gyfle iddi ddod gydag e. Fydden nhw wedi gallu cerdded adre gyda'i gilydd, yr un peth ag arfer. Ond doedd hi ddim eisiau. Ei bai hi eto. Fydden nhw ddim yn yr annibendod hyn heblaw amdani hi.

Oedd hi wedi mynd i dŷ ffrind, i bwdu? I hala fe

i boeni? I ddysgu gwers iddo am roi lo's iddi? Oedd hi'n gwybod, felly? Yn gwybod ei gyfrinach e? Ai 'na beth oedd yn ei becso hi?

Na. Fyddai hi ddim yn gwneud hyn – diflannu. Byddai'n gwybod yn iawn y byddai ei thad yn poeni, yn galw'r heddlu. Roedd hi'n gallu bod yn hen beth od – ac fe fyddai'n dweud hynny reit yn ei hwyneb hi hefyd – ond doedd hi ddim yn greulon.

Ble ddiawl wyt ti, Caron?

8

ROEDD HI'N GYNNES. Dyna'r peth cyntaf aeth trwy feddwl Caron pan ddihunodd hi am yr eildro, y trydydd tro, doedd hi ddim yn siŵr... Edrychodd i fyny a gweld y to isel, yn ddigon agos i syrthio ar ei phen. Roedd hi'n dywyll. Roedd pethau'n waeth yn y tywyllwch. Siapiau anghyfarwydd. Synau dienw. Ond doedd hi ddim yn nos. Clywai glindarddach yn y cefndir. Roedd rhywun ar ei draed.

Estynnodd am ei chlustffonau, trac sain ei bywyd, a gafael mewn aer oer. 'Does dim rhaid i chdi ddeud wrth y byd bo' chdi'n hapus pan ti ddim.' Geiriau 'Dy Gynnal Di' Lleuwen Steffan yn ei chynnal hi.

Ceisiodd godi ar ei heistedd i estyn am olau, os oedd yna un. Ond trawyd hi gan bicell o boen yn syth trwy ei thalcen. Gorweddodd yn ôl ar ei chefn. 'Dyw crio ddim yn bechod, mae o'n dda.'

Y peth nesaf roedd hi'n ei gofio oedd clywed llais ysgafn, gwrywaidd a sylweddoli ei fod e'n siarad gyda hi.

'Dyna ti, Caron. Coda dy ben. Fyddi di'n teimlo bach yn well ar ôl hwn.'

Cofiodd ufuddhau. Roedd syched arni. Roedd hi'n disgwyl blasu dŵr, ond roedd yr hylif hwn yn sur, yn afiach, ac roedd yna bethau yn nofio ar yr wyneb a'r rheini'n dal ar ei gwefus, fel gwymon ar rwyd. Ceisiodd ei boeri mas.

'Na, paid neud hynna.' Y llais yn fwy cadarn y tro hwn, fel perchennog yn siarad â'i gi.

Aeth hi'n oer drosti. Roedd y ffigwr hwn yn ddieithr, ond roedd hi'n cofio'r llais ers y tro diwethaf. Ai ddoe oedd hi? Doedd hi ddim yn nabod y person yma, meddyliodd gan roi llond twll o ofn iddi hi ei hun. Felly, beth oedd hi'n ei wneud fan hyn? Yn ei dŷ e? Ai dyna ble oedd hi? Cofiai fod ar y gors, ac wedyn roedd pethau'n un potsh mawr. Fuodd hi ar goll yno, ar y tir mawnog, yn ei hoff le yn y byd? Os felly, pam nad oedd hi yng ngorsaf yr heddlu? Mewn ysbyty? Neu adre'n saff?

Teimlodd y panics yn llenwi ei brest. Clywodd ei hanadl yn cyflymu. Roedd yn ddigon i'w mogi. Fe allai ogleuo mawn. Ai dyna ble oedd hi, yn sownd mewn hunllef mewn twll yn y gors?

Symudodd ei choesau. Roedd rhywbeth yn teimlo'n wahanol.

'Ble ma'n jîns i?' gofynnodd, gan sylweddoli.

'Jîns?' meddai'r bachgen, fel petai erioed wedi clywed y gair o'r blaen.

Pa fath o berson oedd hwn?

'Fe wnest ti wlychu dy hunan yn dy gwsg. Roedd rhaid i ni newid ti,' meddai.

Gwridodd Caron. 'Ni' ddwedodd e. Oedd mwy ohonyn nhw?

Gwisgai hi ryw fath o siorts hir, coslyd. Ofnai edrych yn iawn. Atgoffai hi o rywbeth… y flanced gafodd ei rhoi am ei hysgwyddau, ar ôl iddo ei hachub hi o'r dŵr.

'Well i ti orwedd, nes bod ti'n well.'

Twm. Twm oedd ei enw, cofiodd.

Nodiodd, a chau ei llygaid. Teimlai'n flinedig ofnadwy, fel petai wedi bod yn y *sleepover* gorau erioed. Siglodd ei phen. Beth oedd y ddiod yna? Cyffur? Oedd e'n ceisio ei drygo hi? I'w chadw hi yno? I beth? Roedd yr ofn fel dŵr yn bygwth ei thagu.

Canolbwyntiodd ar geisio cadw ar ddihun trwy wrando ar bob smic nes iddi ei glywed e'n gadael.

Allai hi ddim gorwedd fan hyn yn gwneud dim byd. Roedd yn rhaid iddi ddianc. Agorodd ei llygaid yn araf bach gan wneud yn siŵr ei bod ar ei phen ei hun. Tynnodd y gynfas yn ôl – hen flanced ac arni oglau mawn. Estynnodd un goes dros ochr y gwely, ac yna'r llall. Ceisiodd symud mor dawel â phosib, ond pan roddodd ei choes dde ar y llawr teimlodd ddolur annisgwyl. Griddfanodd mewn poen. Sylwodd am y tro cyntaf ar y rhwymyn am ei phigwrn. Ar y gŵn nos hen ffasiwn. Ai jôc oedd hyn? Edrychai'n stiwpid! Arhosodd yn dawel ar y gwely am funud fach i sicrhau nad oedd y bachgen yn dod 'nôl. Ym mhen draw'r stafell roedd ffenest fach, a lliain syml yn ei gorchuddio. Os gallai fynd trwy'r ffenest byddai hi tu fas. Falle y byddai rhywun roedd hi'n ei nabod yno, neu rywun y gallai ymddiried ynddo. Byddai unrhyw beth yn well na bod yn gaeth fan hyn.

Nawr ei bod yn gwybod am y boen gallai ryw hercian cerdded, gan ofalu peidio â rhoi gormod o bwysau ar y droed. Doedd Caron ddim yn wimp. Fe redodd hi sawl ras ar ôl anafu llinyn y gar. Ond roedd ganddi dreinyrs bryd hynny. Doedd dim byd ar ei thraed nawr. Edrychodd o'i chwmpas. Doedd dim sôn am y Nikes. Falle fod y crwt wedi mynd â nhw i'w gwerthu ar eBay. Gyda'i ffôn. Chwythodd y llen tuag ati, fel petai rhywun wedi ei phwno o'r ochr arall.

Oedodd, ei gwynt yn ei dwrn. Beth petai'r ffenest ar gau? Wedi ei chloi? Er mwyn ei chadw hi yno fel anifail mewn caets? I wneud beth, doedd hi ddim eisiau meddwl. Llyncodd ei phoer. Tynnodd y lliain yn ôl cyn iddi newid ei meddwl. Cafodd sioc. Doedd dim gwydr ar y ffenest!

Gwelodd ffigyrau yn y cefndir, ymhell, yn symud fel brwyn. Ond ar yr un llawr â hi. Strocen o lwc. Byngalo felly. Roedd yn rhaid iddi symud cyn newid ei meddwl.

Roedd y twll yn fach i ferch heini bymtheg oed ond arhosodd hi ddim. Rhoddodd ei dwy fraich trwy'r bwlch, bob ochr i'w phen, a cheisio tynnu ei hun trwyddo, gan deimlo'r cerrig yn ei chrafu wrth wneud. Gydag ymdrech gallai ymestyn ei dwylo a chyffwrdd y llawr er mwyn llusgo gweddill ei chorff trwy'r twll. Cwympodd ar y llawr tu fas yn bendramwnwgl. Ond doedd dim ots ganddi. Roedd hi mas. Roedd hi'n rhydd. Gallai glywed lleisiau. Pobol i'w helpu hi.

Fe welai'r ffigyrau tywyll heb edrych yn iawn. Roedd y boen yn waeth nawr ar ôl y godwm. Yn ei llygaid, roedd pinnau bach o ddagrau yn taenu niwl dros bob man. Ond roedd hi'n benderfynol o ddianc.

Llenwyd ei chlustiau gan sŵn cyfarth. Llamodd Dobermann mawr du tuag ati, ei goethi gwyllt yn canu yn ei chlustiau. Neidiodd y ci. Yna cafodd ei dynnu yn ôl, nid gan berson ond gan dennyn yn sownd i'w wddf. Daeth llaw front o rywle a rhoi taw ar y ci ag un ergyd. Udodd yr anifail yn dawel. Cofiodd am Sam. Fe wnâi unrhyw beth am gwmni'r terier anystywallt nawr. Tynnwyd Caron gan ysfa i helpu'r creadur hwn a dyhead i achub ei chroen ei hun. Ai fel'na fyddai hi hefyd? meddyliodd. Ci wedi ei glymu gan ei berchennog? Roedd wedi darllen am bethau tebyg ar y we… Teimlai'n fwy penderfynol byth.

'Hey girl, hey girl. If you lose your way, just know that I got you.' Lady Gaga yn ei hannog ymlaen.

Bwrodd ymlaen, yr hercian yn waeth. Y boen bron yn annioddefol. Un cam ar y tro. Fe fyddai hi'n iawn. Roedd y ffigyrau o'i blaen yn gliriach, yn newid yn araf bach. Ond yn bell i ffwrdd o hyd, yn brysur yn gweithio, yn gwthio llafnau'r rhawiau i'r ddaear. Petai ganddi raw fe allai amddiffyn ei hun, meddyliodd. Prysurodd, gan wingo gyda phob cam. Beth yn y byd roedden nhw'n ei wneud? Codi mawn gwerthfawr y gors? Cofiodd am waith ei thad.

'Stop!' gwaeddodd. 'Allwch chi ddim neud hynna! Stopiwch!'

Roedd y dagrau'n powlio i lawr ei gruddiau. Yna, clywodd ei lais, a llenwyd hi gan ofn.

'Be ti'n neud fan'na? Caron! Caron, ble ti'n mynd?!'

Ceisiodd redeg, a stwmblan. Cydiodd Twm ynddi gerfydd ei braich, ddim yn gas ond yn gadarn. A dyna pryd y dechreuodd hi sgrechian ar dop ei llais, fel menyw o'i cho.

'Help! Help! He-eeelp!!!'

9

@Cêt

Heddlu di ffeindio corff! Ar y gors! 😲

DOEDD E DDIM yn beth newydd – ffeindio corff ar y gors. Ond doedd e ddim yn rhywbeth oedd yn digwydd bob dydd chwaith – a diolch i dduw am hynny.

Rhuthrodd pob math o bethau trwy ben Rhys, yn gawdel i gyd.

Unwaith y dechreuodd e ddychmygu y gallai rhywbeth ddigwydd i Caron annwyl, aeth ei feddwl ar ras. Yn banics gwyllt. Roedd pobol mewn car yn ceisio temtio plant ysgol – a hynny yr un diwrnod.

Yn ei feddwl, fflachiodd llun o ben dynol – y corff cors mwyaf enwog i'w ganfod yng Nghymru, y pŵr-dab wedi'i ddienyddio a'i gadw yn rhan ogleddol Cors Caron.

Ie, ar y gors – eu cors nhw, lle gwelwyd Caron ddiwethaf.

Roedd y stori anghyffredin wedi'i ryfeddu ar y

pryd. Wedi'i orfodi yntau, oedd ddim yn ddarllenwr mawr, i chwilio am fwy o ffeithiau. Hawdd gallu mwynhau'r macabr, fel stori am ddyn a gollodd ei ben, pan oedd amser yn rhwyd ddiogelwch…

Roedd rhai cyrff wedi eu gosod mewn corsydd yn fwriadol, rhai'n dilyn defodau lle byddai pobol yn cael eu haberthu.

Roedd cyrff eraill wedi'u cadw mewn mawn, yn dilyn damwain… neu ar ôl eu llofruddio. Roedd cofio hynny wedi gyrru ias trwyddo.

Roedd ei ddwylo'n siglo wrth iddo godi'r ffôn. Roedd e'n ysu am gael gwybod ac roedd ofn arno'r un pryd.

'So chi'n nabod fi, ond ges i'ch rhif chi gan y bòs.'

'Pwy sy 'na?'

'Rhys. Rhys Jones.'

'Pwy?'

Doedd e ddim yn gwybod beth i'w ddweud. Tasgodd y cwestiynau fel poer o'i geg.

'Rhys Jones, Warden Cors Caron. A chi – chi nath ffeindio'r corff? Ar y gors?'

'Ie?' Swniai'n ansicr.

'Corff dyn neu fenyw o'dd e?'

'Sai'n gwbod, 'chan. O'dd e'n ddim byd ond cro'n ac esgyrn.'

Hen gorff felly. Anadlodd Rhys yn ddwfn, y rhyddhad yn gusan.

'O'dd rhwbeth arall?'

'Sai'n gwbod. O'dd e'n frown. Fel 'se lliw haul 'da fe.'

Nodiodd Rhys iddo'i hun. Yna, gwylltiodd,

'Beth ddiawl o'ch chi'n neud 'na?'

'Mindio 'musnes.'

'A digwydd ffeindio corff? Chi'n gwbod bod torri mawn ar gyfer tanwydd yn anghyfreithlon? Allen ni ddwgyd achos yn eich erbyn chi.'

Arhosodd Rhys ddim am ateb. Collodd ei fynedd yn rhacs a diffodd yr alwad.

Trodd at y ci a rhoi ei law ar ei ben blewog. Altrodd ei dymer yn llwyr.

'Paid ti poeni, Sam bach. Ma Caron yn saff.'

Aeth i orwedd ar y soffa, a neidiodd y terier lan wrth ei ymyl a hwffian yn uchel i ofyn am lonydd. Caeodd Rhys ei lygaid, ei ben yn dal i droi.

Mawn dwfn oedd wedi datblygu dros 12,000 o flynyddoedd. Hyd at ddeg metr o ddyfnder mewn mannau. A'i galon: afon Teifi a'i gorlifdir.

Lle gwych a gwachul i guddio corff.

Roedd dros gant o gyrff cors wedi'u darganfod ar ynysoedd Prydain, ond dim ond saith yng Nghymru, ac un yng Nghors Caron... tan nawr.

Roedd gan bob un ei stori, ac er bod caead y llyfr wedi ei gau erbyn hyn roedd modd dychmygu. Cafodd pen â'i lond o wallt ei ganfod yn Sir Faesyfed a sgerbwd mewn arch bren syml ger Tal-y-llyn ym Meirionnydd.

Fe allai rhywun ganfod pethau eraill trwy wneud profion, a chael gwybodaeth am y tywydd, y planhigion a mwy, gan fod eitemau metel gan ambell un.

Roedd e'n gwybod y pethau hyn i gyd. Ond roedd darganfod corff newydd ar y gors wedi rhoi llond twll o ofn iddo. Roedd y cyrff eraill wedi eu canfod yng Nghymru flynyddoedd yn ôl, a doedd dim llawer o wybodaeth ynglŷn â sut fuodd y bobol farw. Ond roedd y darganfyddiad diweddaraf yma'n dangos un peth – roedd mwy o gyrff yn gorwedd yn y tir, wedi eu cadw gan y corsydd, eu piclo gan y pridd, ac yn aros i gael eu canfod. A nawr fe fyddai canfod y corff yma'n rhoi stop ar eu cynlluniau mawr am y tro, rhoi stop ar yr hyn roedd e wedi bod yn gweithio arno'n ddiddiwedd. Sylweddolodd Rhys fod hynny'n rhyddhad. Aeth hynny â'i wynt.

10

'SAI ERIOED WEDI cwrdd â neb mor styfnig â ti!'

Geiriau Iwan yn torri trwy'r hunllef.

Iwan! Diolch byth! Rhyddhad a llawenydd ar yr un pryd... Yna sgyrnygodd. Ei fai e oedd hyn i gyd! meddyliodd Caron. Petai e ddim wedi ei gadael hi ar y gors ar ei phen ei hun fyddai hi ddim yn y twll yma! Gele fe wybod hynny hefyd, pan... pan...!

Llenwyd ei ffroenau ag oglau llaid. Gallai flasu'r caca. Cliriodd y niwl.

Nid llais Iwan oedd e.

'Gad i fi helpu ti, 'chan,' y llaw gyfarwydd yn ymestyn. Rhyw brysurdeb mawr y tu hwnt iddo, rhywle yn y pellter. Ei phen hi'n pingo.

Na, na, na – fe allai wneud pethau drosti ei hun. Roedd hi wedi gorfod gwneud, on'd oedd?

'Hei, dwi'n byw ar y gors erioed, gw'boi.' Yr hen Caron, yn fwy hyderus nag oedd hi'n ei deimlo – ac yn benderfynol o beidio â chael ei hel o'i chartre achos bod rhyw gynlluniau newydd yn tyfu ac yn chwyddo fel haid o frain. Yna cofiodd fod y cynlluniau'n bell i ffwrdd, fel y bobol yna ar y gors.

'Fyddi di'n nabod pobol ffor' hyn, 'te. So ti moyn iddyn nhw gamddeall… meddwl bod ti'n ddewines… neu'n ffoadur.' Sibrydodd y gair olaf.

Ochneidiodd Caron yn ddigalon wrth glywed ei agwedd ddilornus. Gorweddai ar ei bol yn y mwd a'r llaca, wedi baeddu'r dillad dieithr – y dillad gwisgo lan dwl. Ai nawr oedd yr amser i'w addysgu?

Roedd hi dyn a ŵyr ble, heb ei ffôn, ei phen yn fwdwl a'r boen yn symud fel pendil: yn weddol un funud, a'r nesaf, bron yn annioddefol…

Gwyddai nad oedd wedi cael cawod ers dyddiau, ond roedd hi'n ogleuo fel rhosyn o gymharu â'r llaid ar lawr. Roedd yr oglau'n afiach!

Symudodd yn lletchwith.

'Ble ti'n mynd?' Ei lais yn torri trwy'r hwrlibwrli.

'Gatre.'

Roedd e'n staran arni.

'Ga i dacsi,' meddai hi.

Atebodd â'i lygaid, yn trio ei deall hi.

'Tacsi.' Yr ailadrodd yna eto, fel petai e ddim yn siarad yr un iaith â hi.

'Fyddi di angen y "Naics" a'r "Aiffon" i wneud 'ny?' Gwenai. Oedd e'n tynnu ei choes?

Na, dim treinyrs, dim iPhone, meddyliodd. Ond fe fyddai hi angen arian i dalu'r gyrrwr. Doedd dim clincen ganddi. Rhoddodd gledrau ei dwylo ar lawr, gan geisio peidio â meddwl am y budreddi na'r boen. Cododd ei phen a dychmygu'r olygfa yn y pellter: degau ar ddegau o ddynion a menywod yn torchi llewys ac yn rhofio mawn gwerthfawr y gors. Dannedd y rhawiau yn taro'r ddaear yn galed. Yn wado bant, clatshen ar ôl clatshen. Yn treisio cefn gwlad. Yn becso dim.

Gwyliodd yn llygad ei meddwl, wedi ei ffieiddio. Dychmygai iddi glywed ambell un yn tuchan dan straen y gwaith corfforol. Bob hyn a hyn gwaeddai llais fel cri barcud. Yn awdurdodol, yn eu hannog, yn gorchymyn iddyn nhw ddal ati.

'Stop! Stop!' roedd hi eisiau gweiddi. Os na fyddai hi'n codi'i llais roedd hi'r un mor euog â nhw.

'Beth maen nhw'n neud ar y gors?' Methai gredu ei llygaid.

'Creu anghenfil,' atebodd yntau.

Dechreuodd Caron godi, yn garcus. Saethodd y boen i fyny ei choes a dwyn ei gwynt. Gwaeddodd yn uchel a theimlo ei law yn cau ei cheg, yn dyner.

'Hisht, 'chan. Fyddan nhw'n clywed ti. A cred ti fi, so ti moyn hynny.'

Cafodd ei hanner cario, ei hanner llusgo yn ôl at y tyddyn. Roedd hi'n rhy luddedig i frwydro.

Rhoddodd naid fach ddisymwth. Roedd hi'n eithaf tywyll, ond ar ôl ychydig daeth siapiau i'r amlwg.

Eisteddai menyw ar ei phwys ar y gwely, a phowlen fach yn ei llaw.

'Ti wedi dihuno,' meddai'n gynnes ond yn ddiwên.

Roedd ganddi wyneb caredig, yn rhychau i gyd a ddim yn lân iawn. Ond roedd ei llais yn ifanc, yn ei hatgoffa o'i mam cyn iddi adael. Aeth y syniad hwnnw â'i gwynt wrth iddi gofio. Ai dyna pam doedd hi ddim yn gallu ei gweld yn ei meddwl, am nad oedd hi'n byw gyda nhw nawr? Ceisiodd gysuro ei hun wrth feddwl am Sam a'i gwtshys gwyllt, a'i drwyn parod a'i dafod gwlyb. Teimlai'n fwy diflas. Hiraeth am y terier bach.

'Fe allai pethe fod lot gwa'th,' meddai'r wraig, gan synhwyro ei siom. Roedd ganddi nam ar ei thafod. Roedd Caron yn nabod y diffyg.

Fe allai pethau fod yn waeth! Ai dyna oedd hon newydd ei ddweud? Yn waeth! Sut? Roedd Caron eisiau chwerthin yn uchel. Aeth y wraig yn ei blaen.

'Dwyt ti ddim wedi torri dy goes. Ond ma 'na wendid ar dy bigwrn. Dwi wedi ei thrin gyda migwyn gwyrdd ond bydd rhaid i ti ei gorffwys hi – dwi'n dyfalu na fydd hynny'n hawdd i grwydryn y gors fel ti.'

Trawyd Caron gan atgofion. Teimlai'n sâl fel ci.

'Dwi wedi rhoi lafant i ti, i leddfu'r boen ac i godi dy galon.'

'A phaid â'i boeri fe mas tro hyn,' meddai'r llais arall.

Safai'r bachgen yn y cysgodion, yn gwylio pob peth.

'Gad hi fod, grwt!' Cafodd gerydd ganddi hi.

'Fydde hi 'di trengi fel dafad tasen i ddim wedi'i hachub hi!'

'Falle wir, ond llonydd sy eisie arni ddi nawr.'

Roedd meddwl Caron yn well, yn fwy siarp, ei phen yn llai niwlog. Teimlai'n fwy fel hi ei hun. Cafodd ei chyffwrdd gan eu caredigrwydd, a hithau wedi ofni'r gwaethaf. Oedd hi'n ddigon dewr i ofyn y cwestiwn mawr?

'Ble?' Ymwrolodd.

'Ma pot dan y gwely,' atebodd y wraig gan gamddeall.

Gwridodd Caron wrth gofio am y ddamwain yn ei chwsg oedd wedi ei hamddifadu o'i jîns.

'Reit, 'te. Af i i ddechre ar swper…' Cododd yn drafferthus, fel dynes ddwywaith ei hoed. Galwodd ar Twm. 'Fydd eisie tatws a moron… a choed tân. Sych y tro hyn.'

'Diolch.' Daeth y gair yn ddifeddwl.

'Popeth yn iawn, 'merch i. Pan fyddi di'n well alli di feddwl am gered adre. Ma ôl gofal arnat ti, er gwaetha'r gwallt gwyllt. Ma rhywun yn gweld dy golli di.'

Tynnodd ar y cudynnau fflamgoch – ro'n nhw'n gwrthod sythu. Doedd dim ofn cerdded arni, ond…

'Falle deith Dad i fy nôl i,' meddai Caron. 'Fydd e'n poeni. Tasen i jyst yn ca'l ffono fe —'

Trodd y wraig i edrych ar ei mab. Roedd hi'n dywyll, ond dychmygodd Caron y ddau yn edrych ar ei gilydd fel petaen nhw'n meddwl ei bod hi'n hanner call.

'Cwsg yw'r eli gore.'

Aeth y fenyw trwy'r drws. Arhosodd Twm am ychydig, yn symud ei bwysau o goes i goes bob hyn a hyn.

'Achubes i gwningen wyllt mewn trap un tro,' meddai. 'Unwaith iddi ddeall ei bod hi'n ddiogel ddaethon ni'n dipyn o ffrindie.'

Rhoddodd ei fys ar ei wefus.

11

CODI, EISTEDD, CODI eto.

'Well i chi eistedd,' awgrymodd y ditectif – menyw dal, hyderus a'r ieuengaf o'r ddau ddaeth i drafod absenoldeb Caron y tro cyntaf. Adnabu'r llall yn syth, un o gryts y dref, er na allai gofio'r enw dieithr nes i D.I. Prasanna ei gyflwyno fel 'James Loughty'.

Doedd Rhys ddim eisiau eistedd. Roedd e wedi cyffroi pan welodd e'r heddlu yn llygad gwydr y drws ffrynt. Roedd e'n ei disgwyl hi unrhyw funud, yn ei disgwyl hi wrth eu cynffon.

Roedd wedi bod ar bigau trwy'r dydd.

'Cŵl down, Dad.' Dyna fyddai cerydd ysgafn Caron.

Sut allai e? Dim unwaith iddo glywed am gar yn arafu wrth ysgol leol, yn cynnig lifft i blant. Ble roedd e wedi gweld y stori? Ar Facebook? Doedd e ddim yn cofio. Yn Aberystwyth oedd y car, neu ai Aberteifi oedd e? Yr hen gof yma. Dim fan hyn yn Nhregaron ta beth. Ond roedd rhaid bod yn ofalus. A rhaid bod yr ysgol yn cytuno ag e yn ei ofid. Roedden nhw wedi galw'r plant ynghyd i'r neuadd i'w rhybuddio nhw yr un diwrnod. Caron yn eu plith. Doedd e ddim yn gwybod hynny ar y pryd wrth gwrs. Ac yna roedd e wedi clywed y stori arall, y neges garbwl am gorff ar y gors. Dyna pam roedd e wedi ffonio ei ferch – gadael y neges yna ar ei mobeil.

Roedd Nansi, mam Cêt, wedi clywed am y car pan ffoniodd Rhys hi, ei wynt yn ei ddwrn.

Oedd Caron yno?

Na, doedd hi ddim.

Doedd hi ddim gydag Iwan chwaith, pan ffoniodd Rhys yno.

Ble arall allai hi fod? Ffonio o gwmpas. Neb wedi ei gweld ers i Iwan a hi ffarwelio ar y gors.

Dim byd amdani ond ffonio'r heddlu.

A nawr?

'Well i chi eistedd,' medden nhw.

Fel petai ganddyn nhw newyddion mawr!

Roedd Rhys wedi ufuddhau i'r heddlu a setlo â'i ben ôl ar ymyl y soffa. Ar bigau i godi i fynd i edrych trwy ffenest dywyll y gegin fach a gweld ei hwyneb hi'n pipo 'nôl arno, ei gwên yn llachar fel y lloer. Yn tynnu arno gyda gwên ddwl. Ond gwyddai y byddai Sam wedi ei chlywed cyn neb arall ac yn neidio lan a lawr fel peth hurt petai hi yno.

Er gwaetha'i ben moel, edrychai'r dyn yn syndod o ifanc yn ei iwnifform. Er gwaetha'i wyneb strêt, roedd yna ansicrwydd yn ei lygaid.

Doedd dim newyddion. Dim ond cwestiynau. Rhes hir o gwestiynau. Fel petai'r holl atebion roedd e wedi'u rhoi iddyn nhw eisoes ddim yn ddigon – ar y ffôn pan oedd e wedi riportio'i bod hi ar goll yn syth, mewn panics gwyllt, a phan ddaethon nhw i'r tŷ i'w holi ac i chwilio, i geisio canfod atebion yn ei habsenoldeb hi. Roedd e wedi rhoi'r gorau i hynny – i ganfod atebion pan fyddai'r epilepsi yn achosi absenoldeb, yn achosi trawiad. Roedd e'n gyfarwydd â'i cholli hi i berlewyg neu gwsg am dipyn bach gan wybod y byddai hi'n dihuno pan fyddai hi'n barod.

Doedd dim newyddion o hyd.

Roedd Rhys yn gorfod credu ei bod hi'n olreit. Cadw'r ffydd. Fel yr alarch yng ngwylltineb y gors, yn herio'r rhew i nofio yn osgeiddig ar y fflachlifoedd.

Ond roedd hynny'n anodd ar y diawl i Rhys. Nid hi fyddai'r fenyw gyntaf i adael y tŷ yn dawel bach, gan anghofio dweud wrtho lle roedd hi'n mynd. Dyna roedd Elinor-Ann, ei wraig, wedi ei wneud. Gadael un dydd a pheidio dod yn ôl, er ei fod e'n ei charu hi a hithau'n ei garu fe. Yn caru ei gilydd cymaint nes iddyn nhw greu merch fach berffaith amherffaith. Ro'n nhw wedi dwli arni. A dyna pam roedd Rhys yn methu deall pam roedd hi wedi mynd. Hyd yn oed ar ôl yr holl flynyddoedd hyn roedd e'n methu deall. Roedd e wedi rhoi ei gariad i gyd i Caron, i'w gartre, i'r gors. Cadw'i ferch yn glyd ym mrwyn y tir corsiog, yn saff. Doedd Caron ddim yn gwybod y cwbwl, ac roedd hynny'n fwriadol. Ond roedd hi'n ferch gall, ar y cyfan, yn synhwyro digon i wybod na allai ei thad ddiodde byw hebddi hi. Dyna reswm arall pam roedd e'n poeni cymaint. Roedd e'n gwybod na fyddai hi'n mynd, yn ei adael e fel hyn, a hynny o'i gwirfodd. Ond beth oedd hynny'n ei feddwl wedyn, 'te? Crynodd. I Caron ddewis mynd, ond nad ei dewis hi oedd peidio dod yn ôl.

12

C NOC, CNOC, YN ei dihuno.
Cnoc, cnoc ar ddrws y cof.

Teimlai Caron dipyn yn well, yn llawer gwell.

Beth oedd wedi digwydd iddi? Roedd hi gydag Iwan ar y gors. Yna doedd hi ddim. Roedd hi'n grac ag e. Roedd e'n gwybod pam yn iawn – er nad oedd e wedi cyfadde iddi. Y diawl dwl. Ac roedd hynny wedi ei gwneud hi'n fwy crac hyd yn oed.

Cofiai gwympo. Yna dihuno gyda chracyr o ben tost. Roedd hi yna ar y gors, ond mewn man hollol wahanol ar yr un pryd. Roedd hi'n gwybod mor stiwpid oedd hynny'n swnio ond roedd hen syniad bach yn mudlosgi yn ei phen… A allai e fod yn wir, y syniad yma? Oedd hi wedi dihuno mewn byd gwahanol? Na, yn yr un hen fyd, ond mewn oes wahanol? Mewn oes pan fyddai pobol yn hapus i gloddio'r gors er eu budd nhw! Pryd oedden nhw wedi rhoi'r gorau i syniadau dinistriol a dechrau gofalu am natur? Ymhell dros ganrif yn ôl.

Beth gythraul oedd hi'n ei wneud yma, heb yr

un wyneb roedd hi'n ei adnabod? Heb ei theulu, na'i ffrindiau, na Sam, ei ffrind gorau? Sam, yr angel gwarcheidiol fyddai'n hanner cysgu ar ei gwely bob nos, un glust lan a'r llall i lawr. Sam fyddai'n cyfarth petai hi'n cael ffit yn ei chwsg ac yn dihuno Dad i'w helpu hi.

Daeth y dagrau poeth i bigo ei llygaid a thagwyd hi gan ofn. Ai fel hyn oedd hi am fod? Fyddai hi ddim yn gweld Dad byth eto? Colli nabod dros nos? Fel pan gollodd hi Mam.

Cnoc, cnoc.

Fyddai hi'n gorfod ymddiried mewn teulu newydd? Fyddai hi'n gallu ymddiried yn y teulu hwn?

Mentrodd godi. Yn araf ofalus, gan osgoi rhoi ei phwysau ar y goes friwedig. Doedd e ddim yn ei natur i wneud dim byd.

Cnoc, cnoc. Tu allan.

Y sŵn yn ei hatgoffa o'r rhawiau yn taro'r ddaear.

Roedd y tywyllwch yn fantell amdani, yn ei chuddio. Mentrodd edrych yn llechwraidd y tu hwnt i ddrws ei stafell. Llen fach dila mewn gwirionedd. Roedd y tywyllwch fel llwch yn araf droelli. Trawyd hi gan oglau mawn yn llosgi. I'r chwith roedd yna fflach o oleuni. Ffenest fach. Aeth draw ati yn llechwraidd ac aros ar un ochr, ei chefn at y wal, cyn mentro edrych trwyddi. Roedd y llun o'i blaen yn aneglur. Ond fe allai weld ei siâp yn symud ar y clos.

Bwrlwm o wallt browngoch anniben, yn tywallt i bob cyfeiriad. Ei lygaid cneuen wedi eu hoelio ar y dasg.

Cnoc, cnoc, cnoc. Gwelodd y garreg yn ei law. Yn llaw Twm.

Aeth â'i gwynt. Sadiodd Caron a gorfodi ei hun i edrych eto.

Yn ei law dde, roedd y garreg finiog yn taro ffon bren, ei min yn ei hollti, yn ei theneuo hi. Yna'r garreg eto, yn crafu ar hyd y pren i'w siapo.

Gwyliodd e, ar goll yn ei fyd bach ei hun. Roedd Caron wedi'i dychryn, ond wedi ei hudo ar yr un pryd.

Roedd e'n dal y ffon tua'r llawr ac yn ei hastudio hi. Ar ôl tipyn, cododd hi. Gwelodd Caron beth oedd e. Bwa. Daliodd Twm y bwa o'i flaen yn browd yn ei law chwith, gan ddychmygu ei fod yn dal saeth yn ei law dde. Roedd llaw gref Twm yn ymestyn y saeth yn ôl yn ofalus yn erbyn llinyn anweledig y bwa. Anelodd y saeth, yn barod i daro.

Roedd rhyw olwg newydd yn ei lygaid. Ei drem ar ei darged, yn gwbwl benderfynol o'i fwrw. Teimlodd Caron ergyd yn taro ei stumog hithau. Cyflymodd ei chalon. Bu'r bachgen hwn a'i hachubodd hi ar y gors yn garedig yn ddi-baid. Yn fwy caredig na'i ffrind Iwan y tro diwethaf iddi ei weld. Ond yn sydyn doedd hi ddim yn siŵr beth oedd ei darged... Anifail bach? I swper? Fe allai lunio arf mewn dim, un i daro cwningen fach yn farw.

Yn sydyn, gollyngodd Twm y saeth. Edrychodd yn ôl dros ei ysgwydd. Oedd e wedi ei gweld hi? Wedi synhwyro ei bod hi yno? Cuddiodd Caron yn erbyn wal y gegin a theimlo'r cerrig yn galed ar ei chefn. Roedd sŵn ei hanadlu cyflym fel sgrech.

13

Parti Javid oedd e. Y cyntaf ohonyn nhw i gael ei ben-blwydd yn 16 oed. Wrth gwrs, roedd Iwan wedi mynd, y triongl sanctaidd: fe, Caron, Cêt... Roedd pawb yn mynd. Roedd pawb yn addoli Javid, y bachgen tal, golygus, a'r cyntaf i ateb yn y stafell ddosbarth – ateb cwestiwn, neu herio'n ysgafn. Ddim y cyflymaf ar y cae pêl-droed, ond y mwyaf poblogaidd.

Ar ôl wythnos o dywydd hydrefol, roedd haul hwyr Medi wedi dod mas ar gyfer y parti. Digon i fentro i lawr i'r gors lle roedd y gerddoriaeth yn sgrechian fel gwenoliaid du a breichiau'n chwifio fel brwyn mewn storm.

Roedden nhw wedi mynd i lawr i'r gwaelodion. I'r dingl. Criw mawr ohonyn nhw. Tri deg. Pedwar deg. Doedd e ddim wedi cyfri, a doedd e ddim yn nabod pob un. Mynd i ble roedd y gors yn dod i stop yn sydyn er mwyn i dafod gwlyb afon Teifi lyfu'r mawn yn un stribyn hir, adfywiol. Rhisgl cennog a nodwyddau glaswyrdd y ffynidwydd yn ymestyn yn dal a'r gylfinir yn frenin ar y cyfan. Ac i'r dde, y goeden dderw urddasol a'i changhennau cnotiog yn codi ei hysgwyddau yn ddifater wrth eu gwylio: pobol ifanc. Beth wnewch chi?

Roedd cyffro yn yr aer. Chwistrelliad o adrenalin i'r corff. Er bod yr ysgol wedi ailgychwyn, roedd rhyw deimlad y gallen nhw ddal eu gafael ar yr haf… ar eu ffrindiau cyn iddyn nhw wasgaru i bob cyfeiriad… ar y sicrwydd o wybod beth oedd eu canlyniadau diwedd tymor cyn iddyn nhw orfod dechrau eto, a dringo'r rhiw fawr fyddai astudio tuag at flwyddyn olaf eu harholiadau TGAU. Ond digon i fory…

Roedd y seidr yn help. Ac, oedd, roedd Iwan wedi llyncu sawl llond ceg sur. Roedd yr hylif wedi rhoi rhyw fywyd newydd iddo. Roedd e'n llawn egni. Ei wallt newydd ei eillio gan farbwr gorau Aber y diwrnod hwnnw. Yn barod am unrhyw beth. Roedd e wedi rhannu jôc gyda Caron. Rhywbeth am fananas a Brexit. Yna roedd hi wedi mynd at y criw merched ac yntau at y bois. Gwneud beth oedden nhw i fod i'w wneud am gyfnod byr, gan wybod y bydden nhw'n gwneud beth fydden nhw eisiau yn y man – dod yn ôl i gwmni ei gilydd, i rannu clecs, i gael laff.

Yn sydyn, roedd e'n boeth. Yr holl ddawnsio. Bai Rihanna a Gwilym. Camodd yn ôl oddi wrth y criw, ei grys-T yn glynu wrth ei groen. Dyna pryd y daliodd hi'n edrych arno. Yn syllu arno. Ei llygaid yn ymlusgo ar hyd ei gorff… Cêt.

Yr un Cêt oedd hi. Eu mêt nhw – Caron ac yntau. Ei chorff bychan, llawn. Ei gwallt melyn, hir wedi ei liwio'n llwyd. Ei llygaid glas, llachar. Ond roedd rhywbeth yn wahanol amdani heno. Rhyw osgo ymlaciedig yn ei breichiau. Rhyw anwyldeb yn ei gwên. Rhyw ddireidi yn ei llygaid.

Rhoddodd Iwan waedd enfawr gyntefig, a chwerthin dros y lle i gyd. Daeth Jon-Jo o rywle a'i daro ar ei gefn. Slap mawr, brawdol – ond un caled uffernol. Roedd cefn Iwan yn tasgu.

'Dere, y pwrs!' mynnodd Jon-Jo, a rhedodd y ddau i lawr at yr afon a thynnu eu sgidiau a'u sanau yn ddifeddwl a mynd i mewn. Bracso trwy'r dŵr. Roedd e'n iasol! Yr oerni yn ychwanegu at y cyffro. Chwarddodd y ddau'n ddwl. Fe ddechreuon nhw gicio'n wyllt nes bod y dagrau oer yn poeri i bob cyfeiriad.

Fuodd e'n araf yn sychu. Er bod haul o hyd, roedd hwnnw'n araf fachlud ac aeth Iwan at fôn y dderwen i gysgodi. Roedd hi'n oerach fyth fan hynny.

'Hei.' Clywodd ei llais cyn iddo ei gweld.

'Hei,' atebodd a theimlo ei llaw hi ar ei ysgwydd. Llaw gynnes, warchodol, yn hollol wahanol i Jon-Jo gawraidd.

'Well i ti dynnu hwnna,' meddai Cêt ac amneidio ar ei grys-T sopen. Nodiodd Iwan a'i dynnu, gan wybod bod ganddo'r hwdi roedd ei fam wedi mynnu ei fod yn dod ag e, 'rhag ofn'.

'Dwi'n un deg pump, dim pump,' roedd Iwan wedi ochneidio yn bwdlyd ar y pryd, ond wrth gwrs roedd e'n falch erbyn hyn.

Symudodd i ochr arall y dderwen i dynnu amdano. Cyn iddo gael cyfle i afael yn yr hwdi teimlodd rywbeth arall yn ei gynhesu: ei llaw hi yn rhedeg i lawr ei frest. Cododd ei aeliau. Edrychodd arni. Ei llygaid bach yn dawnsio. Symudodd ei llaw i fyny ei frest, i fyny ei wddf, ar hyd y blewiach ar ei ên ac i fyny ei foch. Yna tynnodd ef ati – doedd dim angen llawer o dynnu mewn gwirionedd. Cusanodd y ddau. Gwefus yn erbyn gwefus, yna ei dafod yn chwilio am ei thafod hithau a'i ffeindio. Roedd e wedi cusanu merched o'r blaen, wrth gwrs ei fod e, ond ddim fel hyn.

Stopion nhw. Roedd y ddau mas o wynt. Roedd e eisiau dweud 'waw', ond wnaeth e ddim, gan synhwyro na fyddai hynny'n cŵl.

'Rho dy law ar fy mron,' meddai hi.

Rhoddodd ei law ar ei chrys-T, a theimlo'r wefr yn mynd trwy ei gorff. Mwythodd y domen fach, feddal yn ysgafn.

'Rho dy law i lawr dy drowsus a chyffwrdd dy hun.'

'A tithe,' meddai Iwan, gan amneidio ar y man lle roedd y siorts denim yn cyffwrdd y croen rhwng ei choesau.

Yna, buon nhw'n cusanu'n wyllt, fel dau anifail ffyrnig ar y gors. Fe fyddai pethau wedi mynd ymhellach ond torrodd bloedd ar draws y caru. Am foment ddychrynllyd meddyliodd y ddau fod pawb yn eu gwylio.

Er cymaint yr oedd Iwan eisiau cario mlaen, ac, o, oedd, roedd e eisiau cario mlaen – mynd yr holl ffordd, cael rhyw poeth gyda merch bert yn erbyn y dderwen ar y gors – roedd fel petai rhywun wedi ei drochi gyda llond bwced o ddŵr o afon rewllyd. Edrychodd rownd y goeden. Doedd neb fel petaen nhw'n edrych i'w cyfeiriad. Edrychodd ar Cêt.

'Ti 'di bod yn yfed,' meddai wrthi.

'A tithe,' atebodd hi.

Dechreuodd pob math o bethau rasio trwy ei feddwl. Beth petai hi'n dihuno'r bore wedyn gyda phen clwc, wedi newid ei meddwl? Dim ots faint roedd e eisiau hyn, roedd e moyn iddi hi fod ei eisiau â phen clir, dim achos ei bod hi wedi yfed gormod a ddim yn meddwl yn strêt. Roedd e wedi cael ei rybuddio droeon am bethau fel hyn. Doedd e ddim eisiau'r heddlu wrth y drws, yn ei gyhuddo.

Aethon nhw'n ôl at y gweddill, yn anfoddog. Hi yn gyntaf, ling-di-long, yn siglo ei phen ôl. Wnaeth hi ddim edrych yn ôl unwaith. Aeth Iwan i ffeindio Jon-Jo, gan obeithio y byddai pigiadau'r brwyn ar y daith yn lladd ychydig ar ei wên fawr.

'Ble ti 'di bod, y sglyf?' gofynnodd ei ffrind yn gyhuddgar. Roedd mwy nag un glust yn gwrando.

Roedd hi'n demtasiwn mawr i ddweud y cwbwl, i rannu'r newydd gyda'r bechgyn iddo sgorio'r gôl orau erioed… bron. *Near miss*. Triodd guddio'r wên fawr.

'Pisiad,' atebodd.

Trodd Javid ei ben. 'Beth wyt ti? Buwch yn llenwi afon Teifi?' meddai.

Gallai Iwan ei weld yn ei astudio – a fyddai'n synhwyro'r cynnwrf yn ei gorff, yn ogleuo ei phersawr ysgafn?

Ond caeodd Iwan ei geg. Dim achos Cêt, meddyliodd, ond o dy achos di, Caron…

Roedden nhw'n meddwl bod neb wedi eu gweld. Fe a Cêt. Ond beth os oedd rhywun wedi eu dal yn ei chanol hi? Beth os oedd Caron wedi eu gweld yng ngwres y foment ar noson y parti? Fe fyddai hynny'n esbonio ei hwyliau od ar y gors a pham roedd hi wedi gwrthod ei gynnig i gydgerdded adre. Oedd hi wedi rhedeg i ffwrdd nawr? Ai dyna pam? Ac os oedd hi ddim? Ble ddiawl oedd hi?

14

DOEDD PETHAU DDIM yn dda. Roedd Caron yn gwybod hynny. Roedd hi'n syllu trwy niwl y ffenest pan glywodd hi nhw. Ddim yn cwympo mas yn gwmws, ond yn siarad mewn lleisiau isel, angen cyfleu eu neges ar frys.

'Be sy mlân 'da ti?'

'Dim byd.'

'Cuddia hwnna nawr!'

Roedd ei fam wedi ei ddal.

'Pam? Dyw e ddim busnes i neb.' Twm yn amddiffynnol.

'Achos os bydd rhywun yn gweld ti… Wel, dyna dy ddiwedd di, grwt.'

Safodd Caron yno am sbel, y llen fach yn ei chuddio, yn anadlu yn fân ac yn fuan. Pam dweud hynny wrtho? Ei rybuddio? Os oedd e ond yn mynd i ddefnyddio'r bwa a saeth i ddal swper iddyn nhw, pam bod hynny'n shwt gyfrinach fawr? Ac os oedd rhywbeth arall yn ei feddwl, beth oedd e? Nid am y tro cyntaf, teimlodd yr ofn yn llenwi ei brest, ac yn dringo i'w gwddf.

Roedd y goes dipyn bach yn well. Yn wir, yn ddigon da i Caron allu hercio o gwmpas y stafell fach, gan fod rhyw chwilen yn ei phen yn dweud wrthi bod tamaid bach o ymarfer corff yn beth da. Fe fyddai'n mynd o'i cho petai hi'n gorfod gorwedd ar y gwely yna ddydd a nos, heb fiwsig, na theledu, nac iPad, na ffôn i'w diddori. Doedd hi ddim yn gyfarwydd â gwneud dim byd mewn tawelwch – hyd yn oed wrth hunanynysu. Ac er ei bod hi wedi meddwl yn bwdlyd, sawl bore, mor braf fyddai cael gorwedd yn ei gwely yn lle codi i fynd i'r ysgol, gwelai nawr y dylai hi fod wedi bod yn falch o allu diengyd rhag segurdod. Un peth oedd diwrnod pyjamas, ond roedd dim byd di-ben-draw yn lladdfa.

Roedd hi'n dywyll yma, yr unig olau yn dod o'r ffenest fach. Ond roedd ei llygaid wedi cyfarwyddo a gwelai'n glir y waliau cerrig yn noeth rhag llyfiad o baent gwyn, y llawr pridd yn gafael o dan draed. Cyflym iawn yr oedd

rhywun yn oeri – dyna reswm arall dros aros
yn y gwely. Cael lle i gwato rhag y dillad dwl
yma – dyna reswm arall. Teimlai'r gŵn nos yn
goslyd ac roedd y blwmyrs yn chwerthinllyd. Fe
fu Caron yn chwerthin, chwerthin nes i'r udo
droi'n ddagrau. Pan oedd angen mynd i'r tŷ
bach fe fyddai'n ymddwyn fel rhywun mewn ras
rwystrau, yn estyn y pot a thynnu ei siorts clown
cyn i neb ei dal yn ei chwrcwd, fel iâr yn dodwy
wy. Doedd dim tast yn perthyn iddyn nhw, y
bobol oedd biau'r lle hwn! Roedd y stafell sbâr
yn foel iawn – yn gwbwl ddiaddurn: dim un llun
yn gwmni iddi, nac anrheg rhad wedi ei brynu ar
hap ar wyliau iddi bendroni yn ei gylch. Cofiodd
am y trugareddau yn ei stafell hi – y morfil mewn
pelen eira o Ddinbych-y-pysgod, y ci tsieina
o Birmingham, y ddoli'n dawnsio o Sbaen – y
cwbwl yn hel dwst yng nghanol y papur losin,
y pads, y papurach gwaith cartre a'r dillad glân
oedd heb eu cadw.

Dim rhyfedd i'w chalon lenwi pan welodd y
lein ddillad, yn gwegian dan bwysau'r ysbrydion
trwm. Ac yn eu canol, dwy goes dywyll, yn barod i
gerdded yn ôl i oes arall.

'Jîns fi!'

Fuodd hi erioed mor falch o weld unrhyw beth. Byddai Iwan yn chwerthin am ei phen – a hithau'n taeru nad oedd yn 'berson dillad'. Daeth meddwl am Iwan â gwên i'w hwyneb, am eiliad fach.

Yna, llifodd y dagrau. Ceisiodd eu sychu, orau gallai hi. Doedd hi ddim yn un i gyfadde gwendid i bobol agos na phobol ddieithr. Roedd mam Twm newydd osod y peth olaf i sychu – shîten fawr oedd yn symud yn anesmwyth fel drychiolaeth. Doedd Caron ddim yn meddwl bod ei fam yn hen iawn ond symudai'n araf ac yn lletchwith, fel petai'n diodde o gryd cymalau cyn ei hamser. Sylwodd y fenyw arni'n syllu.

'Roedd eisie tipyn o fôn braich i gael gwared ar laid y gors,' meddai, ond heb fod yn angharedig. 'Dwi'n credu stori Twm nawr – iddo lusgo ti mas o'r dŵr.'

'Fydden i wedi marw hebddo fe,' cyfaddefodd iddi hi, ac iddi ei hun am y tro cyntaf. Teimlai'n wael yn sydyn iawn, a hithau wedi meddwl y gwaethaf amdano – meddwl ei fod e eisiau ei brifo hi.

Roedd yn rhaid iddi gael gwybod un peth. Roedd

hi'n anodd dyfalu sawl diwrnod oedd wedi mynd heibio. Gormod iddi obeithio y byddai *charge* ar y ffôn o hyd.

'O'dd rhywbeth gyda'r jîns? Yn y pocedi falle? Chi'n gweld, dwi 'di colli fy iPhone… Yyy, peiriant bach, ffôn bach… Tasen i'n gallu ei ga'l e falle allen i gysylltu â Dad…'

Crychodd y fenyw ei thalcen yn llinellau ar ddalen. Yna diflannon nhw gan adael y croen bawlyd yn ddi-grych.

'Dim byd ond y trowsus dyn yna,' meddai.

Roedd mam Twm yn dal yno ar ôl i Caron wisgo, wrth ei gwaith yn y gegin fach. Penliniai o flaen y tân agored yn rhofio'r lludw yn swnllyd.

'Chi eisie help?' cynigiodd Caron.

Trodd i edrych arni, gan ryw hanner codi un goes yn lletchwith.

'Wel, wel, ma rhywun ar y mend.'

Nodiodd Caron. Roedd gwisgo'r jîns fel hud a lledrith. Teimlai'n well yn syth!

'Ma angen gwagu'r pot dan y gwely, siŵr o fod,' meddai'r wraig, yn ddigon addfwyn.

'Iawn. Ble chi moyn i fi wagu fe?' Doedd Caron ddim yn edrych mlaen, ond teimlai'n falch ar yr un pryd. Oedd hi'n cael caniatâd i fynd mas ar ei phen ei hun?

'Cer mas drwy'r drws a ffeindia glawdd,' atebodd y ddynes. Trodd ei sylw yn ôl at y lludw, gan foddi unrhyw gyfle am sgwrs gyda'i hymdrechion.

Yn y clawdd. Ocê. Doedd dim draen felly. Dim system garthffosiaeth? Oedd hynny'n ddarn arall o dystiolaeth i gadarnhau'r hyn roedd hi'n ei dybio, iddi fynd 'nôl i'r gorffennol, er mor boncyrs roedd hynny'n swnio, hyd yn oed iddi hi.

Beth fyddai Iwan yn ei ddweud petai e'n ei gweld hi nawr – yn gwagio ei phi-pi o bot mam-gu? A Dad? Beth fyddai ei ymateb e? Fe fyddai wrth ei fodd, siŵr o fod. Adre, roedd hi'n cael gwaith rhoi powlen Shreddies frwnt yn y peiriant golchi llestri. Adre. Roedd y gair bach yna'n torri ei chalon. Roedd hi'n breuddwydio am antur erioed. Am gael teithio'r byd, ar ei phen ei hun. Yna, roedd hi'n bwriadu mynd adre. Pwy na fyddai eisiau mynd adre ar ôl antur? Ond gwyddai'r ateb i'r cwestiwn bach hwnnw. Roedd yna rywun na ddaeth adre fyth ac roedd yr hiraeth amdani'n fyw o hyd.

15

'Bw!' GALWODD ARNO, a chwerthin wrth iddi ei weld yn dychryn. Roedd Caron wedi mynd i chwilio am Twm i'w holi ble y dylai olchi ei dwylo. Doedd dim golwg o sinc na thap dŵr yn unman. Daeth o hyd iddo yn ei gwrcwd wrth ochr wal y tu cefn i'r tŷ, ei sylw wedi'i hoelio ar rywbeth.

Diflannodd y wep pan welodd hi yn y jîns.

'Ti 'di newid,' meddai.

Nodiodd Caron ei phen yn falch. Meddyliodd amdani ei hun yn gwagu'r pot yn ddiwenwyn. Oedd, roedd hi wedi newid.

'Dy fam – o'dd hi wedi golchi'r jîns, chware teg iddi.'

'Jîns.' Roedd e'n dal i gyrcydu, ei ben wedi'i droi tuag ati.

'Beth fyddet ti'n eu galw nhw, 'te?' tynnodd arno'n chwareus.

'Trowsus.'

'Sdim byd yn bod ar hynny, o's e?'

Oedodd Twm cyn ateb.

'Sai 'di gweld merch mewn trowsus o'r bla'n.'

Agorodd llygaid Caron led y pen, fel petai e wedi ei bwrw ar ei thalcen gyda'r bwa a saeth.

Oedd hi am fentro ei holi am yr iPhone? Dechreuodd ofyn, ond roedd e wedi achub y blaen arni.

'Wyt ti eisie rhoi da iddi?' gofynnodd.

'Rhoi da?' atebodd mewn penbleth.

'Dere. Ddangosa i i ti.'

Estynnodd Twm ei law, ac amneidio arni gyda'i lygaid. Estynnodd Caron ei llaw iddo yntau. Gafaelodd ynddi, yn dyner. Roedd ei groen yn gynnes, ychydig yn arw falle, yn fwy garw na chroen Iwan. Dyma groen oedd yn gyfarwydd â gwaith yn lle gemau Xbox. Synnodd Caron mor hyderus oedd hi. Rhoddodd Twm law Caron yn ysgafn ar gefn y gwningen, a'i symud yn araf ar hyd ei chefn. Gwingodd y gwningen ryw ychydig bach. Ond wrth i Caron symud ei llaw dros y blew meddal – unwaith, dwywaith ac ymlaen – fe setlodd yr anifail.

'Bwni bach, ma'n olreit. Dwi ddim eisie rhoi dolur i ti.'

Chwarddodd Twm yn ysgafn.

'Mae'n lico ti.'

Edrychodd y ddau ar ei gilydd. Roedd rhyw edrychiad cynnes yn y ddwy gneuen frown.

Doedd e ddim mor ddiamynedd gyda hi, meddyliodd Caron, fel petai wedi cyfarwyddo â'i ffordd hi, gyda'r gwahaniaethau rhyngddyn nhw.

'Ti ddim yn mynd i'w lladd hi, wyt ti?' mentrodd Caron.

'Ei lladd hi? Pam fydden i'n neud 'ny?' wfftiodd a chrychu ei dalcen.

'Swper?' Crymodd Caron ei hysgwyddau.

'Ma cawl llysie i swper,' meddai'n bendant.

Roedd Caron yn dal i fwytho cefn y gwningen – y weithred fach syml yn rhoi pleser iddi. Estynnodd ef ei ddwylo ar hyd y clustiau hir. Wrth iddo godi ei law fe drawodd eu bysedd yn erbyn ei gilydd, a chlymu'n gwlwm. Am eiliad roedd e'n mwytho ei bysedd hi, yn gariadus. Yna sylweddolodd y ddau beth oedd yn digwydd. Stopiodd Twm yn sydyn, a thynnodd Caron ei llaw oddi yno, fel petai hi wedi cael ei chnoi gan gorryn.

Gwawriodd arni.

'Hon ddalest ti yn y trap?'

'Wedes i wrthot ti y dydd o'r bla'n. Ni 'di dod yn dipyn o ffrindie.'

Cydiodd Twm yn y gwningen fach a'i rhoi hi yn ôl yn y bocs. Caeodd y top a rhoi'r bocs mewn hen sach a mynd â hi i'r cwt lle roedd y coed yn sychu. Gwyliodd Caron, a'i stumog yn troi.

Pan ddaeth yn ôl gwelodd Twm ei bod hi'n dal i edrych arno. Cododd ei fys at ei wefus.

'Shhh!' meddai.

Brasgamodd yn herciog ar hyd yr iard, yn symud yn gyflym at y dasg nesaf, a gwyddai Caron na fyddai'n gallu ei ddal â'i chamau hi.

Cydiodd Twm mewn hen fwced. Roedd sawl cnoc ynddo.

'Anifail gwyllt yw hi! Ddyle hi fod mas yn neidio yn y caeau!' galwodd Caron i roi stop arno.

Oedodd Twm a throi i edrych arni.

'A beth tase barcud neu wiber yn ei dal hi? Ma'r gors yn ddansierus!' hisiodd.

Teimlai Caron yn fwy penderfynol nawr. Os oedden nhw am ddod i ddeall ei gilydd, i fod yn ffrindiau, fe fyddai'n rhaid iddyn nhw ymddiried yn ei gilydd, a rhannu – dim rhagor o gyfrinachau. Symudodd tuag ato, mor glou ag yr oedd y goes yn caniatáu.

Ond roedd Twm wedi cyrraedd y pwmp erbyn hyn. Roedd ei law ar yr handl, yn ei chodi i fyny a'i gwthio i lawr yn egnïol. Y pistwn tu mewn i'r pwmp yn codi'r dŵr o'r basin mawr, oedd wedi'i lenwi o afon Teifi ers y bore. Roedd ceg y pistwn yn taro'r bwced yn swnllyd, fel llaw yn taro drwm.

'Ble ydw i, Twm?' gofynnodd Caron, dros ben yr hyrdi-gyrdi.

'Ti'n byw ffor' hyn erio'd, wedest ti!'

'Yn Nhregaron, odw.'

'Ie. Tregaron.'

'Ond dim y Tregaron yma.'

Stopiodd yr ergydio swnllyd. Rhewodd ei law ar yr handlen wlyb. Edrychodd arni'n hurt.

'Oes mwy nag un Tregaron? Bois bach!'

Roedd Caron bron â'i gyrraedd. Roedd hi'n haws siarad nawr eu bod nhw'n agosach. Stopiodd i ddal ei gwynt, yna aeth yn ei blaen i egluro,

'Nag oes, ond ma'r Tregaron hyn yn wahanol – cyment ag ydw i wedi'i weld. Fel rhwbeth oddi ar y we —'

Ystyriodd beth roedd hi newydd ei ddweud. Os oedd yr hyn roedd hi'n ei feddwl yn wir, fyddai Twm ddim yn gwybod am beth roedd hi'n siarad.

'Ma fe fel rhwbeth o lyfr hanes,' cywirodd Caron ei hun.

Tynnodd Twm ei sylw oddi ar y pistwn ac edrych arni'n llawn penbleth.

'Ti'n gwbod beth yw llyfr hanes?' gofynnodd iddo.

Crymodd ei ysgwyddau.

'Ma digon yn yr ysgol… Ond sai'n mynd yna rhyw lawer.' Roedd e'n edrych ar y dŵr du nawr, ddim arni hi.

'Pam?' Roedd Twm yn gymaint o benbleth i Caron ag oedd hithau iddo yntau.

'Achos Mam. Ma eisie help go iawn arni, dim mab â'i ben mewn llyfre.'

'Fydden i'n marw heb ddarllen! Pan fi'n styc yn tŷ, fe alla i agor llyfr a mynd i unrhyw le… bod yn unrhyw un… Ma'n un o'r pethe gore yn y byd.'

Edrychodd y crwt arni eto, fel petai'n ceisio ei deall hi.

'Ti'n gwbod am bethe fel'ny, 'te? Ti'mod, merch fel ti?'

Edrychodd arni'n ofalus, fel petai'n ei gweld hi am y tro cyntaf. Doedd e ddim yn ei diystyru, dim ond yn gofyn cwestiwn i'r person rhyfedd oedd yn sefyll o'i flaen. Symudodd yn agosach ati. Roedd e'n dal i syllu, yn edrych i fyw ei llygaid hi. Daliodd Caron ei hanadl am ychydig. Ond fe ddechreuodd ei chalon guro ar garlam, ac roedd arni ofn y byddai e'n gallu ei chlywed. Doedd hi erioed wedi sefyll mor agos i fachgen – heblaw am Iwan. A doedd hynny ddim yr un peth. Fe allai arogli ei anadl, arogl melys. Teimlai cledrau ei dwylo'n damp.

Oedd hi am fentro? Oedd. Fuodd erioed ofn arni.

'Dwi moyn gweud rhwbeth wrthot ti, Twm… cyfrinach…'

Llyncodd ei phoer.

'Dwi'n credu bod rhwbeth wedi digwydd i fi,' cyffesodd.

'Do, gest ti gnoc ar dy ben.'

'Dwi'n gwbod bod e ddim yn neud lot o sens. Ond dwi wedi bod yn meddwl a meddwl a sdim byd arall yn neud synnwyr. Ac er mor ddwl ma fe'n swno, ma'n rhaid ei fod e'n wir. Wedyn – wel, y peth yw – 'co ni'n mynd, 'te… dwi 'di mynd 'nôl mewn amser. Dwi'n dod o'r unfed ganrif ar hugen – byd y we a Facebook, a grwpiau WhatsApp, a chynhesu byd-eang a safio'r blaned, Angharad Tomos, Rihanna, Greta Thunberg, Lady Gaga a Steddfod a Brexit a'r Coronafeirws a'r rhyfel yn Wcráin… A nawr dwi wedi ymuno â ti mewn oes pan sdim parch o gwbwl i fyd natur – a sai'n siŵr beth dwi'n mynd i neud. Ond un peth dwi yn gwbod, ma'n rhaid i fi ymddiried ynddot ti, achos rhyw ffordd, rwyt ti a fi'n mynd i ffeindio ffordd i fi fynd adre.'

Roedd hi mas o bwff. Safodd yno'n ceisio rheoli ei hanadl. Astudiodd e'n fanwl. Doedd e ddim wedi estyn am yr handl. Doedd e ddim wedi anwybyddu ei geiriau hi'n llwyr felly.

'A shwt ma neud 'ny?'

'Sai'n gwbod 'to. Ond ma hyn i gyd… ma'n rhaid ei fod e wedi digwydd am reswm. Ti'n cytuno?'

'Odw,' atebodd. Doedd hi ddim yn siŵr ei bod hi'n ei gredu.

'Ma'n rhaid felly 'mod i 'ma am reswm. I neud rhwbeth penodol – rhwbeth pwysig hyd yn oed.'

'Stopo nhw, ti'n feddwl? Rhag dinistrio'r gors? Dyna be ti'n ei alw fe, ontefe?'

'Ie, falle… Shwt wyt ti'n gwbod cyment am beth sy'n mynd trwy 'meddwl i?'

'Glywes i ti'n gweud bod ti eisie'u stopo nhw – yn dy gwsg. Ti wedi bod yn gweud pob math o bethe... Ti'n gwbod be sy'n digwydd i bobol sy'n siarad yn eu cwsg?'

Siglodd Caron ei phen yn araf. Roedd ganddo wddf hir ac afal wedi ei ddal ynddo. Dilynodd y croen garw i fyny at y blewiach ar ei ên ac at bâr o wefusau tew. Agorodd ei geg a phoeri.

'Ma'n nhw'n cael eu cyhuddo o fod yn ddewiniaid! Ma'n nhw'n boddi nhw ar y gors!'

Crynodd. Trodd yr ofn yn gynddaredd.

'Beth amdanot ti?' cyhuddodd. 'Ti eisie rhoi stop arnyn nhw hefyd? Y bobol sy'n dinistrio'r gors?'

Wnaeth e ddim anghytuno. Aeth Caron yn ei blaen.

'Dwi'n gwbod dy gyfrinach fawr di. Dwi wedi dy weld di, yn gweithio yn y dirgel. Yn neud bwa...'

'Wel?'

'O't ti ddim eisie i dy fam wbod – chi'ch dau ddim eisie i neb wbod. Pam? Be sy mlân 'da ti?'

'Yr anghenfil,' mwmiodd.

'Anghenfil – ar y gors?' gofynnodd.

Nodiodd. Sylwodd ar yr olwg ar ei hwyneb hi.

'Dwi'n gweud y gwir! Ma fe 'na. Ddangosa i i ti os nag wyt ti'n credu fi!'

'Iawn,' atebodd Caron. Roedd e i'w weld mor daer. Roedd hi'n hanner ei gredu fe. Pwy a ŵyr pa fath o greaduriaid oedd yn byw yn y byd hwn?

'Iawn. Ond bydd rhaid i ni fynd yn y nos. Sdim ofn tywyllwch arnot ti, o's e?' gofynnodd Twm iddi.

Doedd dim ofn rhywbeth bach fel tywyllwch arni. Roedd wedi diodde'n llawer gwaeth na hynny pan gollodd ei mam. Dyna pryd roedd y ffitiau wedi ailddechrau, ac roedd y rheini'n mynd â hi i lefydd du iawn.

Nodiodd arni, a nodiodd hi'n ôl. Roedd ei phen yn curo a'i chalon yn llenwi gyda rhywbeth – doedd hi ddim yn siŵr beth, ond roedd yn newydd, ac yn odidog. Edrychodd arno a meddwl mai dyma'r person mwyaf rhyfeddol roedd hi wedi ei gyfarfod erioed.

16

ROEDD RHYS YN ei gweld hi ym mhob man. Yng nghynffon ceffyl y ferch tu fas i siop jips Jean ar draws yr hewl. Yn ysgwyddau uchel y fenyw yn pasio ar y T21 o Dregaron i Aberystwyth. Yng ngwên y bengoch ar y gorwel cyn iddo ddihuno. Pob un o fewn gafael. Ond yn cael ei ddwyn oddi wrtho bob tro.

Teimlai'n sâl. Stwmp ar ei stumog oedd yno o hyd. Byddai oriau'n mynd heibio heb iddo fwyta nac yfed. Pobol yn dod, pobol yn mynd. Gwneud paned, a gadael iddi oeri. *Welshcake* ar blât fel wyneb yn ei rewi. Tic-toc cloc tad-cu yn y lownj yn byddaru.

Yna fe fyddai'n cofio, ac yn rhoi cerydd iddo'i hun.

'Rhaid ti fyta, Rhys bach. Fydd hi gatre cyn bo hir.'

Ac wedyn fe fyddai'n stwffo rhywbeth i mewn i'w geg i gael nerth. Stwffo nes ei fod e'n teimlo'n waeth… Y salwch. Doedd e byth yn mynd.

Fuodd y ffrij a'r rhewgell erioed mor llawn: caserols, *bolognese*, cawl a pheis. Cownter y gegin fel siop gacennau: cacs bach, bara brith, *lemon drizzle*. Ei ffefryn. Popeth ond cacen siocled. Byddai hi wedi bod wrth ei bodd – ond byddai'n siŵr o sylwi bod dim cacen siocled.

Dim blas ar ddim byd.

Doedd hi ddim yn hoffi bara brith. Hi, Caron. Ddylai e ddim bod ofn dweud ei henw. Roedd hi'n fyw o hyd. Iesu mowr, rhaid ei chadw hi'n fyw. Byddai Caron yn pigo'r cyrens mas o'r dafell yn nhŷ rhywun dieithr. Cerrig duon fyddai hi'n eu galw nhw. Rhaid cofio'r pethau oedd yn ei gwneud hi yn hi. Cyn iddo anghofio.

Roedd wedi dweud yr un stori droeon. Roedd hi wedi mynd i'r ysgol. Oedd, roedd hi wedi dweud 'ta-ta' yn frysiog. Roedd ganddo gyfarfod ben bore ac roedd e'n hwyr. Roedd hi'n mynd i'r gors ar ôl ysgol.

'Gyda pwy?' cofiai ofyn iddi.

'Oes rhaid i ti fod mor fusneslyd?' Hithau'n ateb cwestiwn gyda chwestiwn arall.

'Oes.'

'Pam?'

'Fi yw dy dad di.'

Dweud yr un peth wrth gymaint o bobol. Trio cadw at y ffeithiau. Ond y stori yn newid bob tro. Ceisio rhoi rhyw fath o siâp iddi. Y da yn trechu'r drwg, fel mewn nofel dditectif. Fel mae pethau i fod. Ond wrth ailadrodd y stori – a'u clywed nhw yn dweud eu pishyn – ofnai ei fod yn ychwanegu ati yn ddiarwybod iddo'i hun, yn crwydro ymhellach oddi wrth y gwir bob tro.

Cododd. Eisteddodd. Cododd eto. Methu'n deg â setlo ers iddo ddeall ei bod hi, Elinor-Ann, mam Caron wedi mynd…

'*Chill out*, Dad.'

'Dwi'n trio, Caron fach, yn trio.'

Ond doedd e ddim yn rhwydd. Fe allai hi gael ffit unrhyw bryd – er nad oedd yn eu cael yn aml, diolch byth. Fe allai fod wedi cael un ar y gors, a'i bod hi'n gorwedd yno, ar goll mewn breuddwyd.

Doedd e ddim i fod i wneud ffýs am y peth, roedd Caron yn teimlo'n gryf iawn am hynny. Ond roedd e wedi gorfod dweud wrth yr heddlu, rhag ofn. Ac roedd e wedi gorfod eu hatgoffa nhw am y car tu fas i'r ysgol y diwrnod hwnnw, yn ceisio temtio plant. Yn Aberteifi roedd hynny, medden nhw, ond pwy a ŵyr? Roedd rhaid dweud y pethau hyn i gyd. Roedd digon o bobol yn barod i'w gyhuddo o gadw pethau iddo fe'i hunan. 'Y musnes i! Nawr roedd eu hanes yn fusnes i bawb.

Beth fydden nhw'n ei ddweud petaen nhw'n gwybod y gwir? Yr heddlu? Gwybod, y tro diwethaf iddyn nhw siarad, fe a Caron, eu bod nhw wedi cwympo mas yn rhacs. Cwympo mas achos beth oedd e wedi ei ffeindio yn ei stafell hi.

'Smo fe ddim o dy fusnes di beth sy'n fy stafell i!'

Ond roedd e yno. Roedd Rhys yn teimlo'n sâl wrth feddwl ei fod e yno. Yn y drôr, gyda'r losin, y celc cudd, y bocs bach yn dal hen fwclis, mwclis ei mam, a'r pethau merched.

'Pads mislif. Plis, Dad. Croeso i'r unfed ganrif ar hugain.'

Roedd e'n siŵr ei fod wedi ei weld, y peth yna, fel fflach y fellten ar noson dywyll, ond doedd e ddim yna nawr. Roedd e wedi edrych. Wedi edrych ddwywaith. Doedd e ddim yna. Oedd hi wedi cael ei wared e? Wedi ei daflu? Ffling? Neu, oedd hi wedi ei ddefnyddio? Ai dyna pam doedd e ddim yno? Roedd meddwl am hynny'n waeth na gweld y fflach o fyd yr oedolyn gyda'i ferch fach am y tro cyntaf.

'Mae'n tyfu 'da chi, Rhys Jôs.' Dyna fyddai pobol yn ei ddweud. Doedd e ddim eisiau meddwl am hynny. Caron oedd wedi ei gadw'n gall ar ôl iddi hi fynd. Doedd e ddim wedi bod yn rhwydd. Magu plentyn ar ei ben ei hun. Magu merch. Ond merch gref. Ac roedd e'n ddiolchgar am hynny. Yn ddiolchgar am yr amser a fu. Tic-toc y cloc yn y cefndir. Amser yn hedfan yn frawychus o ffast.

Falle mai dyna oedd wedi digwydd. I Iwan flino bod fel brawd iddi. Falle i Caron flino bod fel chwaer iddo fe. Falle mai dyna pam roedd yna gondom yn y drôr. Yn nrôr ei ferch. Ac mai dyna pam roedd y condom wedi mynd.

'Ble ti'n mynd? Pryd fyddi di 'nôl?'

Amser yn rheoli. Amser i hyn a'r llall. Amser codi, amser gwely. Amser ysgol. Amser i fynd â'r ci am dro… Amser i bopeth a dim amser i ddim byd.

Roedd pobol yn galw, ac yn galw. Roedd hi'n neis eu gweld nhw. Doedd dim llawer ganddo i'w ddweud, ond ro'n nhw'n parablu, ac yntau'n gwrando ag un glust, fel y terier bach wrth ei draed. Awgrymodd Magi Pwll Gwaelod y dylai gynnau cannwyll yn ffenest y gegin fach. Yna fe fyddai Caron yn ei gweld ble bynnag roedd hi. Fe fyddai golau i'w thywys hi adre. Ddwedodd e ddim byd wrth Magi, ond doedd e ddim eisiau gwneud hynny. Roedd e'n dwyn i gof y gannwyll gorff o straeon slawer dydd. Fe fyddai golau coch y gannwyll yn arwydd o farwolaeth dyn, golau gwyn yn farwolaeth menyw. Y golau gwan roedd e'n ei ofni fwyaf. Rhybudd am farwolaeth plentyn oedd hwnnw.

Fe arferai ei fam-gu adrodd hen straeon fyddai'n codi gwallt ei ben. Cofiodd am y toili, angladd ledrithiol, fel yr un ar hyd y lôn yn wyn gan eira yn yr hen stori. Roedd labrwr yn cerdded i'r gwaith ar ffarm gyfagos pan welodd res o alarwyr yn cario arch tuag ato. Roedd y lôn fach yn drwch o eira. Stryffaglodd y dyn i symud at y gwrych ac wrth i'r bobol ei basio fe wnaeth ostwng ei ben er parch. Dyna pryd y sylwodd eu bod nhw'n cerdded ar yr awyr, eu camau araf ochr yn ochr â thop y cloddiau. Yn fuan ar ôl hynny, fe fu'n pelto bwrw eira am ddyddiau, nes bod y lonydd yn llawn. Yng nghanol y storm wen, bu farw cymydog. Bu'n rhaid i'r galarwyr gerdded ar hyd y lluwchfeydd i'r fynwent, eu traed benben â'r cloddiau.

Trawyd calon Rhys gan wayw. Roedd e'n fyr ei wynt yn sydyn. Esgusododd ei hun i Magi a dianc i'r gegin a sefyll wrth y sinc gyda'i law dde ar y seramig. Arhosodd i'r oerni ei sadio. Dwedodd wrtho'i hun y byddai pethau'n olreit, y byddai hi'n olreit. Ond gwyddai na fyddai pethau byth yn iawn nes iddo ei chael hi adre'n saff.

17

ROEDD HI WEDI bwrw'n galed drwy'r nos a thrwy'r dydd. Picelli poenus yn cael eu hyrddio o'r awyr. Yn tasgu oddi ar y llawr. Doedd dim golwg o bethau'n tawelu wrth iddi ddechrau tywyllu. Dyfalodd Caron ei bod hi'n tynnu am ryw bump o'r gloch y prynhawn erbyn hyn. Ond allai hi ddim bod yn siŵr wrth gwrs.

Roedd hi wedi bod yn cadw golwg ers oriau, yn taflu cipolwg trwy'r ffenest bob hyn a hyn, gan obeithio y byddai'n goleuo. Roedd ganddyn nhw gynlluniau – fe a hi. Ac roedd hi wedi bod yn edrych mlaen, ie, edrych mlaen at gael ei gwmni. Ond roedd y tywydd wedi rhoi'r caibosh ar unrhyw blaniau. Nawr, doedd dim hwyl o gwbwl arni.

Y bore hwnnw, cerddodd i lawr i'r afon i nôl dŵr – i nôl dŵr! A hwnnw ym mhobman! Ar ôl dadwisgo'n ddiflas roedd hi wedi pendwmpian ar y gwely a dihuno wedi drysu'n lân. Cafodd freuddwyd felys. Ynddi, fe ddaeth ei thad ati.

Roedd ganddo anrheg iddi – cwtsh mawr. Gafaelon nhw'n dynn yn ei gilydd am sbel. Sylweddolodd Caron nad oedd y ddau wedi cwtsho ers misoedd – ers iddo ddechrau gweithio ar y prosiect newydd i drawsnewid y gors. Trawsnewid. I beth? On'd oedd natur yn gofalu am y gors, fel yr oedd y dŵr yng nghamlesi Fenis wedi glasu dros gyfnod y feirws? Y pysgod wedi dod i'r golwg pan giliodd y tyrfaoedd, er mai ffug oedd y lluniau o'r elyrch a'r dolffiniaid a rannwyd ar Facebook. Yn sicr, roedd y cynlluniau wedi newid ei thad.

Roedd Preston, buddsoddwr o Fryste, yn gweld potensial mawr. Dyn ifanc o'r ardal oedd wedi symud bant a gwneud ei ffortiwn mewn buddsoddiadau. Ar y dechrau roedd pawb ar y pwyllgor yn falch ac roedd yr ymateb yn lleol yn bositif. Roedd Dad yn llawn cyffro, a hithau a sawl ffrind, gan gynnwys Cêt ac Iwan, wedi treulio oriau yn gwrando arno'n parablu. Fe fyddai mwy o bobol yn gallu mwynhau'r hyn oedd i'w garu am y gors – y lliwiau llachar, y newidiadau tymhorol, amrywiaeth yr adar a'r bywyd gwyllt, y byd natur unigryw. Ac roedd Caron wedi trio bod yn falch hefyd, er bod surni yn ei stumog wrth feddwl am 'bawb' yn troedio ei byd bach hi. Ond yn yr hwrlibwrli am greu cors hawdd ei chyrraedd, y byddai pobol o bob oed yn gallu ei mwynhau, roedd y syniadau wedi datblygu i fod yn fwy pryfoclyd. Y cynlluniau am lwybrau beiciau ac ardal ymwelwyr yn troi'n sôn am *zipwires* a reidiau ffair...

'Be nesa? Alton blydi Towers?' roedd ei thad wedi poeri.

Ac roedd hithau yr un mor filain am y syniadau.

Cofiodd Caron y gwaethaf. Y noson cyn ei diflaniad. Doedd dim swper ar waith pan gyrhaeddodd hi adre. Roedd trwyn ei thad wedi ei anelu at sgrin y laptop, a Sam yn ddiflas yn ei wely. Ar ôl bach o faldod, gwrthododd Caron ei gynnig i chwarae pêl. Roedd hi'n starfo. Gwyddai'n iawn y byddai ei thad wedi bwydo'r ci – ond beth amdani hi?

Dechreuodd e sôn am baratoi bîns ar dost. Ond roedd hi wedi chwyrnu y gallai wneud hwnnw ei hun, a dechrau agor a chau'r cypyrddau yn swnllyd cyn sylweddoli y byddai'n rhaid golchi llestri cyn y gallai goginio dim byd. Ar ôl bwyta, roedd e wedi torri'r newyddion iddi – rhyw hanner ymddiheuriad am y diffyg trefn. Roedd yna ddatblygiadau newydd fyth ar y gweill. Ail-greu'r gorffennol ar y gors – nid trwy warchod eu cynefin ond trwy greu clorwth o drên stêm fyddai'n tywys ymwelwyr ar hyd traciau haearn, ac yn cysylltu ag ardaloedd eraill yng Nghymru a Lloegr yn y dyfodol. Fe wylltiodd hi'n gacwn ar hynny. Cofiodd weld coch y gors yn un fflach danbaid yn treisio'r meddwl.

Yn y freuddwyd y pnawn hwnnw, roedd wedi holi ei thad,

'Pam ti ddim wedi dod i nôl fi, Dad? Rhaid bod ti wedi ffono'r heddlu. Rhaid eu bod nhw'n chwilio amdana i, gyda'u hofrenydd a'u camerâu *thermal infra-red*? Dwi ddim yn bell, Dad. Beth sy'n stopo ti rhag ffeindo fi?'

Agorodd ei cheg i ddweud wrtho ble roedd hi, ond yna stopiodd. Roedd hi'n methu ffeindio'r geiriau, fel pan oedd hi'n gwella ar ôl ffit. Doedd neb yn nabod Cors Caron cystal â nhw – gwarcheidwad y gors a'i ferch – ac roedd e'n un o'r bobol fwyaf penderfynol roedd hi'n ei nabod.

Profodd hynny ar ôl colli Mam… Ond rhyfedd o fyd oedd hwn yr oedd hi ynddo nawr. Roedd e'n gyfarwydd, ond yn ddieithr ar yr un pryd. Allai hi ddim cyfeirio at goeden na gwlyptir, gwâl yr un creadur na nyth yr un aderyn i ddweud ble yn union oedd hi. Roedd hi wedi cyfri ei chamau o afon Teifi – ond aeth y daith yn ôl â hi ar lwybr anghyfarwydd.

Cnoc ar y drws ddihunodd hi. Yna rhyw fwstwr y tu hwnt i'r stafell. Lleisiau tawel, gofidus a llen ei stafell wely hi'n cau. Drws y ffrynt yn agor a llais dieithr yn bloeddio,

'Pwy sy 'ma?'

'Fi sy 'ma.'

'Pwy arall sy'n byw yma?'

'Y mab, ond —'

'Ydy e ar y rhestr?'

Eiliad neu ddwy o dawelwch.

'Twm Tynrhedyn?' Llais gwrywaidd eto.

'Pam dyw e ddim yn gweithio ar y gors?'

'Ma fe'n sâl.'

'A'r ferch? Gwelwyd merch yn cario dŵr o'r afon. Merch gref. Bôn braich. I wneud gwaith.'

Gwenodd Caron ar hynny. Ond roedd ei chalon

ar ras hefyd. Dyma eu cyfle nhw i gael ei gwared hi. Fyddai mam Twm yn bachu ar y cyfle hwnnw?

'Neb ond fi a'r mab.'

'Ni'n disgwyl e ar y gors cyn gynted ag y bydd e'n well. Byddwn ni'n galw eto.'

Clywodd y drws yn cau a lleisiau Twm a'i fam. Ei lais yn ddirmygus, a hithau'n ei geryddu. Teimlodd ddŵr yn pigo ei llygaid wrth feddwl am yr hyn ro'n nhw newydd ei wneud. Ei chadw hi'n saff. Dyna wnaeth y teulu newydd hwn, ei theulu newydd hi. Roedd ei chalon yn gorlifo â chariad.

18

A DYNA LLE oedd hi ar y ffrynt pêj.
Wil Drws Nesa oedd wedi dod â'r papur wrth nôl disel i lenwi'r pic-yp.

'Na, ddo i ddim mewn.'

Ceisiodd ganolbwyntio. Darllen yn deidi:

'Mae Caron yn cael ei disgrifio fel merch boblogaidd, a disgybl galluog a chydwybodol yn Ysgol Henry Richard.'

Fe fyddai hi'n chwerthin am hynny. Chwerthin sych. Mor *embarrassing*.

'O'dd hi'n gwd laff, chi'mod. O'n, o'n ni'n ffrindie da.'

Lydia Angharad yn ffeindio ei hun yn y *Cambrian News*. Doedd e ddim yn gwybod eu bod nhw'n ffrindiau. Oedden nhw'n ffrindiau, neu oedd y Lydia Angharad ddiwyneb yma wedi ffeindio ffordd o fod yn rhan o'r stori fawr?

Yn y newyddion. Ar Facebook. Twitter. Instagram. Snapchat. Beth arall, dwedwch?

Amhosib rheoli beth oedd yn cael ei ddweud.

Angel fach yn gwenu ar y camera, yn gwenu ar rywbeth ac ar ddim byd. Ble gawson nhw'r llun yna, dwed, Caron?

Roedd e eisiau dweud y gwir amdani. Roedd hi'n gallu colli ei thymer hefyd. Roedd hawl ganddi golli ei thymer ar ôl beth ddigwyddodd i'w mam.

Roedd pawb yn cwympo mas. Ac roedden nhw wedi cwympo mas y bore yna.

Roedd hi wedi sgrechian arno.

'Gad fi fod! Neu bydda i'n cerdded mas drwy'r drws 'ma a fydda i ddim yn dod 'nôl!'

Ac roedd e wedi gweiddi'n ôl. Yn wyllt gacwn gyda hi:

'Gwd!'

Dyna beth oedd e wedi'i ddweud. 'Gwd.' 'Gwd' na fyddai hi byth yn dod 'nôl. Yn gwmws fel...

Tic-toc... dim rhagor... Cofiodd yn sydyn – doedd e heb weindio'r cloc tad-cu ers iddi fynd. Roedd y cloc wedi stopio, sylwodd.

Stopiodd Rhys. Eisteddodd yn ei hoff gadair ger y ffenest a dechrau curo'r amser ar y fraich gyda'i fysedd. Fe ddaeth Sam ato a gorffwys ei ben ar ei gôl. Roedd golwg drist ar y cwrci bach.

'Wyt ti, Sam bach?' Llyncodd Rhys ei boer. 'Wyt ti'n gweld eisie hi 'fyd?'

Fe ypsetiodd hynny Rhys yn fwy na dim byd. Collodd bob owns o gryfder oedd yn weddill. Dechreuodd grio'n afreolus. Udo'n boenus fel un o gŵn Annwn.

19

A R ÔL SWPER diflas arall, roedd Twm wedi ei
hanner llusgo mas i ganol y glaw. Doedd hi
ddim yn llipryn llwyd, ond heb ei chot gwyddai
y byddai'n gwlychu'n stecs. Yr unig gawod oedd
cawod o law, a doedd dim gwresogydd i sychu
ei phethau. Dychmygai y gallai rhywun farw o
ddosad o annwyd yn y byd hwn. Cafodd 'got' gan
Twm. Roedd hi'n debycach i sach ffid anifeiliaid,
ond o leiaf roedd yn rhyw fath o orchudd, yn well
na dim byd, sbo…

'Dere,' gorchmynnodd, cyn iddyn nhw fentro o
dan gysgod to y sied goed.

'Ble ni'n mynd?'

'Dilyn fi.'

'Dwi ddim yn dy ddilyn di fel cath fach. Ble ni'n
mynd? Ewn ni yna gyda'n gilydd.'

Ochneidiodd Twm, ond roedd gwên ar ei
wyneb.

'I'r gors. Dwi eisie dangos i ti beth sy'n digwydd
yna.'

'Iawn, bant â ni, 'te.'

Teimlai Caron yn hapus am y tro cyntaf ers sbel wrth feddwl am gael treulio amser gyda Twm. Os oedd e'n barod i ddechrau rhannu cyfrinachau, roedd yn gam mlaen yn eu perthynas nhw. Ond roedd arni bach o ofn hefyd wrth feddwl am beth oedd yn eu disgwyl. Oedd e'n wir bod yna anghenfil ar y gors?

Hyd yn oed gyda'i phigwrn yn dal i wella, fe lwyddodd hi i gerdded ar garlam, yn benderfynol na fyddai e'n ennill y blaen arni. Hi oedd enillydd gwobr mabolgampau Invictus ar gyfer y ferch orau yn ei blwyddyn. Fe allai redeg yn gyflymach na'r rhan fwyaf o fechgyn ei hoed. A doedd hwn yn fawr o gystadleuydd, er ei fod yn gwneud ei orau i guddio ei gloffni. Roedd hynny'n un o'r pethau roedd hi'n ei hoffi amdano.

Roedd Caron yn benderfynol ers gwella o'r ffit gyntaf na fyddai rhywbeth bach fel epilepsi yn ei dal hi 'nôl. Meddyliai amdani ei hun fel arwres, archarwr... yr epilepsi oedd ei phŵer arbennig... roedd yn ei gwneud hi'n sensitif iawn i bethau. Allai hi ddim diodde gormod o olau na sŵn ac roedd cyffwrdd ambell beth yn hala cryd arni.

Credai mai'r holl bethau hyn oedd yn rhoi iddi ei dychymyg, ei gallu i weld y tu hwnt i bob rhwystr, y gallu i lwyddo. Ond roedd hyd yn oed archarwyr yn colli eu ffordd weithiau.

Fuon nhw'n cerdded trwy'r stecs am sbel, nes bod ei chalon yn curo'n fân ac yn fuan a'i choes yn dechrau gwingo. Roedden nhw ar ymyl y gors pan dynnodd Twm hi at fôn y clawdd. Wrth symud, fe'u gwelodd nhw. Stopiodd ei chalon. Yn y pellter, roedden nhw yno. Rhesi a rhesi o bobol. Criw enfawr yn chwilio amdani ar y gors.

Roedd hi eisiau gweiddi, 'Dwi fan hyn! Dwi'n saff! Fan hyn!'

Ond fe wnaeth rhyw chweched synnwyr ei stopio hi. Sylwodd fod camau Twm wedi arafu, roedd wedi dechrau cyrcydu... Sylweddolodd. Doedd e ddim eisiau i neb eu gweld. Allai hi ddim deall hynny'n iawn. Ond roedd hi'n ymddiried ynddo, y creadur rhyfedd. Arhosodd y ddau wrth y clawdd. Roedd hi'n anodd gweld y pictiwr yn glir trwy'r glaw. Ond ro'n nhw yno, degau ar ddegau o bobol, yn cribo'r gors, yn chwilio am dystiolaeth iddi fod yno. Edrychodd yn fwy manwl, a gwelodd y rhawiau. Rhesi ohonyn nhw, yn rheibio'r gors.

Doedd dim criw chwilio. Doedd neb yn edrych amdani hi. Roedd hi ar goll.

'Dyma fe. Yr anghenfil.'

Siglodd Caron ei phen, y siom yn ei bwyta'n fyw.

'Dim ond pobol.'

'Ie, a ma'n nhw'n creu anghenfil. Peiriant mowr ar drac fydd yn mynd â nhw i ddyfodol newydd.' Roedd llygaid Twm fel wyau.

'Trên.'

'Ie.' Synnai Twm ei bod hi'n gwybod hynny eisoes.

'Rheilffordd y gors,' meddai Caron eto. 'Codi'r mawn er mwyn gosod traciau, i allforio tanwydd i'r trefi mawr.'

Roedd e'n dal i syllu arni, yn methu credu ei bod hi'n gwybod hyn i gyd. Aeth Caron yn ei blaen.

'Rhaid i ni stopio nhw, neu fydd dim Cors Caron ar ôl,' meddai, gan feddwl am y gorffennol a'r dyfodol.

Edrychodd Twm arni'n ddifrifol.

'Beth allwn ni neud?' gofynnodd.

'Sgrifennu at yr awdurdodau, dechre deiseb ar-lein, casglu enwau, ralïo pobol leol, a chynnal protest go iawn... A dwi'n mynd i ddechre nawr!'

Llenwyd hi gan don o egni a chamodd o'u cuddfan gan chwifio ei breichiau a gweiddi'n uchel.

'Hei! Hei!'

Fe gydiodd Twm ynddi'n syth, ei ddwy fraich fawr yn ei chofleidio o'r tu cefn iddi, yn ei thaclo i'r llawr, gan ei hanner llusgo fel eu bod nhw yng nghysgod y dail. Roedden nhw'n wlyb sopen.

'Beth ti'n meddwl ti'n neud?' Poerodd Caron bridd a gwair o'i cheg.

'Achub dy gro'n di!' bloeddiodd yn ôl.

Roedd e'n dal i gydio ynddi. Ceisiodd Caron reslo'n rhydd. Roedd hi'n benderfynol bod pobol yn mynd i glywed ei llais. Ond roedd Twm yn ei dal hi'n dynn.

'Gad fi fynd!'

'Na, so ti'n dryst!'

Fe fuon nhw'n baglu ar draws ei gilydd nes bod y ddau mas o wynt. Yna fe edrychon nhw ar ei gilydd. Edrychodd Caron ar ei wefusau ac mewn chwinciad roedd yn ei gusanu. Cusan hir, tanbaid.

'Sori,' meddai Twm yn wyllt. 'Ddylen i ddim fod…'

Roedd wedi llacio ei afael arni, ond symudodd hi ddim.

'Fi gusanodd ti, ocê.' Gwenodd Caron am y tro cyntaf y diwrnod hwnnw.

Roedd hi'n ysu i'w gusanu eto ond daeth rhywbeth arall mas o'i cheg.

'Pam wedoch chi gelwydd? Wrth y dynion yna? Gweud bod neb yn y tŷ heblaw chi? Oes pobol yn chwilio amdana i?'

'Chwilio am ddynion a menywod, am fechgyn a merched, odyn. Ond, na, sneb yn gwbod bod ti 'ma.'

Doedd neb yn chwilio amdani hi felly. Roedd y gwir yn ergyd i'r stumog.

'Fyddan nhw ddim yn gallu dod â'r gwaith i fwcwl heb fôn braich pobol gyffredin,' esboniodd Twm.

'Ond shwt allan nhw? Shwt all pobol ffor' hyn gytuno?'

Crymodd ei ysgwyddau. 'Ma'n rhaid i bawb fyta.'

'A beth ambytu ti? Wedoch chi bod ti'n sâl. Pam?'

'Dwi ddim yn cytuno gyda beth ma'n nhw'n neud.'

Edrychodd Caron arno o'r newydd. Roedd ganddo egwyddorion felly. Fe fuodd y ddau yn dawel am ychydig. Synhwyrodd Caron ei fod yn ei gwylio hi. Oedd e wedi sylwi ar ei siom?

'Fe ddylet ti fod yn ddiolchgar,' meddai Twm.

'Am beth?'

'Bod nhw ddim ar dy ôl di.'

Dechreuodd Caron reslo o'i afael eto, yn methu credu'r peth. Wnaeth e ddim ei stopio hi y tro yma.

'Beth os bydden nhw'n dy ddwgyd di, i fod yn forwyn ffarm... neu'n forwyn i un o'r plastai mawr yna? Peth nesa fyddet ti'n disgwyl babi! Ta beth, ti'n gweud celwydd trwy'r amser.'

'Nagw ddim.'

'Sôn am lythyr – a tithe'n methu sgwennu hyd yn oed.'

'Dwi'n gallu darllen a sgrifennu, diolch yn fowr. A lot o bethe eraill 'fyd. Yn y dyfodol, ma merched a dynion yn gyfartal.'

Torrwyd ar eu cleber gan chwibaniad hir. Edrychodd Twm i fyny tua'r awyr.

'Fydd y barcutiaid coch yn chwilio am eu swper cyn bo hir.'

Cododd Twm yn drwsgwl a chynnig ei law iddi. Anwybyddodd Caron e, a chodi ar ei phen ei hun. Roedd hi'n wlyb ac yn stecslyd a'i chalon yn drom. Clywodd gri uwch ei phen wrth iddyn nhw ddechrau ar y daith yn ôl. Gwyddai'n iawn beth oedd y sŵn – gwaedd barcud barus yn arwydd iddi hi. Yn sain yr utgorn, galwad dyletswydd – a doedd hi ddim yn bwriadu ei anwybyddu.

20

R HYS OEDD WEDI gorfod ei ffonio hi, yr archaeolegydd.

'Y corff yn y gors – yr hen gorff…'

'Ie. Gwryw.'

'Hen ddyn?' gofynnodd Rhys wedyn.

'Wel, fe allai fod yn ddyn ifanc. Fyddwn ni ddim yn gwybod nes i ni gwpla gwneud y profion.'

'A phwy iws fydd rheini?'

'Synnech chi. Allwn ni edrych ar y corff ei hunan, ei ddannedd, er enghraifft, i weld pa mor hen oedd e a phryd y bu farw, a'i fesur i weld pa mor dal oedd e. Doedd dim eitemau gyda'r corff, ond gobeithio y bydd modd i ni weld rhai o'r planhigion oedd yn tyfu ar y gors ar y pryd.'

Rhyfeddodd Rhys at ogoniant y gors. Ti'n llawn dirgelion, wyt: ddoe, heddiw a fory. Aeth y gair 'fory' yn sownd yn ei wddf.

Roedd e wedi trio esbonio iddyn nhw ar y ffôn. Ond roedd Preston, y buddsoddwr gwallgo yna, yn gwrthod gwrando.

'Ma ffeindio'r corff, ma fe'n gyfle. Cyfle i oedi…'

'Oedi ein cynlluniau, chi'n feddwl?'

'Ie. Falle i ni fod yn rhy fyrbwyll. Falle bod yna ffyrdd eraill o wella'r gors…' roedd Rhys wedi ei ddweud.

'Ond ma'r gwaith wedi ei gytuno, wedi ei brisio. Roeddech chi ar y pwyllgor bach fuodd yn trafod…'

'O'n, ond fel hyn ma hi – dwi'n cerdded y gors ers bo' fi'n fachgen bach.'

'Ac mae'n meddwl y byd i chi?' gofynnodd Preston gan godi llygedyn o obaith ym meddwl Rhys.

'Odi, wrth gwrs.'

'Beth sy'n neud chi mor sbesial, 'te? So chi'n meddwl bod hawl 'da pobol erill enjoio'r gors?'

'Odw, wrth gwrs. Y gors fel mae hi. Ac ry'n ni wedi ei datblygu hi dros y blynyddoedd diwetha er mwyn i hynny ddigwydd – canolfan ymwelwyr, llwybrau cerdded, llwybrau beicio… Ond ma'r cynllunie newydd yma… Ofn odw i 'yn bod ni'n troi byd natur yn ffair!'

'Cynlluniau cyffrous ar gyfer dyfodol y gors,' mynnodd Preston.

Roedd y llais ifanc yn llawn cyffro. Am eiliad, llwyddodd Rhys i feddwl bod Preston yn credu ei eiriau ei hun. Ond roedd e'n anghytuno'n chwyrn â'r boi.

'Allwch chi ddim ca'l pawb yn trampo dros y lle i gyd – ma hynny'n ffaith!'

'Gwrandwch, Mr Jones… Rhys… ry'n ni eisie sicrhau fod y broses hon mor rhwydd â phosib i chi. Dyna pam —'

Torrodd Rhys ar ei draws yn gadarn.

'Ma'n ferch i ar goll. Alla i ddim canolbwyntio ar ddim byd arall am y tro.' Trawodd y ffôn yn erbyn y bwrdd gyda chnoc.

Allai e ddim aros fan hyn am ddiwrnod arall! Dyna beth oedd yn mynd trwy feddwl Rhys wrth iddo gau drws y ffrynt yn glep. Roedd rhai pobol leol wedi bod yn helpu eisoes.

'Ma'n nhw'n neud popeth allan nhw. Helicoptyrs a chwbwl.'

Ond awgrymwyd y byddai'n well iddo fe aros adre, rhag ofn i Caron ddod at y drws. Fe fyddai e eisiau bod yno i'w chroesawu. Ac roedd e wedi cytuno â hynny.

Dim rhagor o fod yn segur.

'Os na fydda i'n hunan…!' fel yr arferai ei ddweud. Dechreuodd y terier bach gyfarth yn wyllt.

'Typical ti, Dad,' fyddai ateb Caron gyda gwên. 'Eisie bod yna dy hunan – neb arall yn neud pethe yn ddigon da.'

Roedd e wedi penderfynu mynd i chwilio amdani ei hun, ac roedd hynny wedi rhoi tân yn ei fol am y tro cyntaf ers iddi ddiflannu. Wrth wisgo ei welingtons teimlai Rhys fel petai wedi tynnu hen fatri a gosod un newydd. Roedd e'n benderfynol. Roedd e'n mynd i ffeindio'i ferch. Doedd neb yn ei nabod hi'n well na fe. Ar wahân i un falle.

Ffoniodd Iwan o'r fan, lle eisteddai Sam yn y ffrynt yn crynu'n eiddgar, a chael ateb yn y diwedd.

'Ti eisie dod 'da fi, boi?'

Oedd, mi oedd e eisiau dod.

Y ddau eisiau gwneud rhywbeth.

Wrth iddo gamu allan o'r fan a throedio ar y tarmac edrychodd Rhys lan at y nefoedd. Roedd yr awyr yn llwyd, yn llawn glaw. Ond yn dal rhag ei thywallt hi am y tro. Y cymylau golau yn cynnig gobaith.

21

ROEDD BOCS Y gwningen yn wag. Fe aeth hynny â'i gwynt.

Roedd Caron wedi dihuno gyda thwll mawr o hiraeth ofnadwy am Sam yn ei bola.

Ei flew bach garw pan fyddai'n rhoi da iddo fe.

Ei lygaid llo deuliw yn ei gwylio hi'n crensian crisps gan obeithio cael yr un olaf. Rhoi un iddo'n slei bach – 'Ie, ie, Dad, so ti moyn ci gyda diabetes'.

Ei gyfarthiad gwyllt, amddiffynnol pan fyddai unrhyw un yn meiddio dod at y drws.

Ei drwyn gwlyb yn y bore, yn well nag unrhyw larwm ffôn.

Doedd dim sôn amdano yn y byd arall yma. Roedd popeth yn teimlo'n rong, yn frwnt – ei dillad, ei gwallt, ei chorff. Sniffiodd ei cheseiliau. Pff. Ych. Roedd cleren yn arnofio yn y bwced. Sblashodd Caron ei chroen ag ychydig o hen ddŵr. Doedd dim sebon, wrth gwrs. Roedd blas cas yn ei cheg; golchodd ei dannedd â'i thafod.

Fyddai hi ddim yn cwyno am eu brwsio byth eto.

Roedd hi'n damp yn y tyddyn. Aeth i'r gwely yn ei dillad, i gadw'n dwym a chan wybod y byddai'n rhaid codi'n gynnar. Roedd hi'n bwrw'n drwm. Ond aeth hi mas i ganol y gwlybaniaeth i gael cysur o fwytho'r gwningen, a chael siom o weld nad oedd hi yno. Doedd dim sôn am Twm chwaith. Ceisiodd edrych o'i chwmpas gymaint ag y gallai. Roedd fel petai rhywun wedi arllwys pot o ddŵr dros y llun. Teimlai'n anesmwyth. Anadlai'n gyflym. Panics. Yr un panics â phetai wedi arllwys dŵr dros ei llun yn 'rysgol fach. Teimlai Caron ddagrau yn ei llygaid. Ceisiodd siarad sens â hi ei hun: 'Fydde fe ddim wedi mynd hebddot ti. Fydde Twm ddim wedi mynd i'r gors a chithe i fod i fynd gyda'ch gilydd.'

Hastodd Caron ar hyd yr iard gefn, gan bipo'n glou rhag ofn bod mam Twm yn ei gweld. Mentrodd at y sied a chicio'r drws ar agor. Ofnai beth fyddai'n ei weld y tu hwnt iddo. Bwyell yn diferu o waed? Llygaid bwni fach yn llonydd? Ond doedd dim golwg o'r fwyell, na'r bag bwa a saeth. Gydag ergyd yn ei bola gwyddai'n iawn i ble roedd e wedi mynd, y ffŵl dwl. Roedden nhw wedi cynllwynio i fynd gyda'i gilydd am yr eilwaith, ond roedd e wedi codi gyda'r wawr a diengyd yn slei fel llygoden o drap. Damo fe.

Cafodd ei synnu cyn lleied o berswâd oedd ei angen arno pan fuon nhw'n trafod beth ddylen nhw ei wneud. Roedd e wedi cytuno gyda'r ffordd roedd hi'n gweld y byd.

'Ma pobol yn gweud bod rhaid i ni symud mlân,' meddai Twm, gan grymu ei ysgwyddau. 'Ond beth fydd hynny'n neud i'r gors? Fydd hi fyth yr un peth, na fydd? Dim unwaith fydd cledrau yn creithio ei hwyneb a'r clorwth trên yna'n chwythu mwg i bob cyfeiriad. Ei anadl cas ar bob pinwydden, mwsogl, madfall, barcud.'

Roedd e'n siarad gydag angerdd. Ond yna tawelodd, fel petai e'n meddwl am bopeth.

'Troi'r tir, difetha'r mawn, gosod trac, altro'r lle am byth. Beth fydd hynny'n neud i'r gors? Dim byd falle – ond wedyn, rhaid i ni feddwl am y dyfodol, sbo.'

'Dwi'n dod o'r dyfodol – bydd e YN ca'l effeth mowr,' gwaeddodd Caron. 'Stormydd gwyllt, gwres annioddefol, llifogydd, daeargrynfeydd.

Ma'r pethe 'ma'n digwydd achos bo' ni'n dwyn y tir wrth fyd natur a'i ddefnyddio i'n dibenion ein hunen. Ma hynny'n achosi cynhesu byd-eang. Ma'n gwleidyddion ni, 'yn llywodreth ni, yn dechre dihuno ond ma ofn arna i…'

'Ofn beth?'

'Bod hi'n rhy hwyr.'

Edrychodd Twm arni'n syn. Ei hastudio hi. Gwyddai Caron nad oedd llawer o'r hyn roedd hi'n ei ddweud yn gwneud unrhyw synnwyr o gwbwl i Twm, na fyddai wedi clywed am rai o'r pethau hyn, y dadleuon oedd yn gyfarwydd iawn iddi hi.

Nawr, roedd hi'n swp o euogrwydd. Hi oedd wedi ei gyflyru i weithredu. Cyflymodd Caron ei chamau.

Eu cynllun oedd mynd yno, ceisio siarad â nhw, rhesymu â nhw. Annog y gweithwyr, pobol oedd yn byw yn y filltir sgwâr, i osod eu rhawiau i lawr ar y ddaear. Streic. Er y byddai hynny'n golygu dim gwaith, dim cyflog, dim bwyd. Ond roedd Twm wedi mynd hebddi. Yn amlwg, doedd e ddim wedi ei chredu pan ddwedodd hi y gallai un person ifanc, merch ifanc o wlad Sweden bell i ffwrdd, berswadio'r bobol fawr i wrando. Oedd, roedd rhaid i bobol gael gwaith i fyw, ond doedd unigolion ddim yn bwysicach na byd natur. Heb fyd natur fyddai dim dyfodol.

'A ma pobol yn gwrando arni? Y ferch ifanc 'ma?' gofynnodd Twm iddi.

Meddyliodd Caron am Greta Thunberg, a chael nerth o'i hangerdd hi.

'Ma'n rhaid i bobol wrando. Allwn ni ddim anwybyddu tystioleth ein llygaid ein hunen. Ma'r rhew yn toddi yng Ngwlad yr Iâ, pobol yn ddigartre achos llifogydd yn ne Cymru a thanau trychinebus yn Awstralia ac America.'

Ciciodd Caron ddrws y sied ar gau, a throi ar ei sawdl. Rhedodd oddi yno cystal ag y gallai gyda'r goes fel yr oedd hi. Teimlai honno'n drwm, ond ddim yn rhy boenus. Bron fel llusgo coes dymi siop ar ei hôl a honno wedi ei gwneud o glai. Roedd rhaid dianc cyn i fam Twm ei gweld. Doedd dim diogi yn y gwely i bobol ifanc y byd yma. Roedd wastad rhywbeth i'w wneud a fyddai hi ddim yn hir cyn iddi sylwi bod ei mab heb wneud ei dasgau boreol.

Roedd hi'n llwyd gan law. Fe fu Caron ddigon o gwmpas ei phethau i gydio mewn sach o'r sied.

Lapiodd hi fel sgarff am ei phen. Roedd yn well na dim.

Stopa gonan, meddyliodd. Rhywbeth oedd y lleill yn ei wneud oedd cwyno am redeg traws gwlad. Meddyliai Caron weithiau fod rhywbeth yn bod arni. Roedd hi'n hapus pan fyddai Miss yn cyhoeddi eu bod nhw'n mynd i fod yn rhedeg rownd y cae. Awyr iach. Gwell nag unrhyw stafell ddosbarth. Dwedodd Miss Kaminski Chwaraeon wrth ei thad bod neb yn trio'n galetach na Caron. Cofiai mor falch oedd Dad ohoni. Daeth lwmp i wddf Caron wrth ddychmygu ei lygaid yn lleitho. Llyncodd yn galed. Dechreuodd symud yn gyflymach. Prin y gallai weld yn bellach na'i thrwyn. Ond doedd dim angen gweld arni. Fe allai gerdded y gors yn y tywyllwch. Fe olygai'r mwrllwch y byddai'n anoddach i bobol eraill ei gweld hi.

Ymlaen ar hyd y trac mwdlyd heibio'r tyddyn yn ofalus, i beidio â baglu ar y cerrig mawr. Ar hyd tir mwy meddal y mawn. Gwylio'r coesau brwynog oedd yn ceisio ei baglu. Ffyn y tîm arall ar y cae hoci. Cadw i fynd. Ei hanadl yn arafu wrth i'r corff gynhesu. Un droed ar ôl y llall. Pês bach da. Ddim yn boenus, jyst yn dal i wella. 'C'mon, Caron. Galli di neud hyn yn iawn.' Dŵr yn dripian i lawr ei thrwyn, fel snobs. Chwerthin am hyn. Falch nawr ei bod hi mor frwd am chwaraeon. Yn gallu rhedeg mor bell, heb i'w brest ffrwydro, heb orfod stopio i ddal ei gwynt. Rhaid stopio Twm cyn iddo wneud rhywbeth twp. Dal i fynd, nes iddi ddod at y ffawydden i'r dde, yr un sy'n plygu ei chorff i ddangos y ffordd... dringfa y tu hwnt i hynny... ac o'i blaen, y dyffryn lle byddai byddin o bobol yn gweithio, yn palu'r tir gyda'u rhofiau am gwpwl o geiniogau.

Gwyddai'n iawn ble fyddai Twm. Lan yn uchel, yn cuddio y tu ôl i'r dderwen fawr. Ei lygaid yn gul ac yn gas. Ei drwyn wedi ei anelu... Roedd yn rhaid iddi ei gyrraedd yn glou. Roedd y goes yn drymach fyth, fel petai ddim yn perthyn iddi. Roedd y dolur bach wedi troi'n boen oedd yn saethu lan ei choes. Ond roedd hi bron yno. Un ymdrech olaf. 'Cofia sut wyt ti'n rhedeg traws gwlad, Caron. Pan wyt ti'n gweld y llinell derfyn – pawb arall yn arafu, mas o egni, mas o bwff – dyna pryd mae bach ar ôl yn y tanc 'da ti. Dyna pryd rwyt ti'n gwthio dy hunan ac yn pasio'r lleill i gyd.' Ymlaen â hi, ei chamau'n cyflymu. Bron â bod yna… A 'co fe! Tu ôl i'r hen dderwen â'r mwclis mwsog. Idiot! Pesychodd. Yn barod am y ddringfa olaf.

Gwelai Twm yn ymlacio ei gorff, yn barod i weithredu. Llenwyd Caron gan arswyd. Doedd dim pwynt gweiddi. Byddai'r glaw yn dwyn ei geiriau. Symudodd hi. Gyda'i law chwith, anelodd Twm y bwa tua'r llawr, y saeth eisoes yn ei lle. Tynnodd y llinyn a'r saeth yn ôl gyda'i gyhyrau cryf. Yna cododd y bwa fel ei fod yn cyffwrdd â chroen tywyll ei wyneb. Doedd dim amser i'w golli. Gwyddai Caron na fyddai Twm yn anelu'r saeth yn rhy hir rhag rhoi gormod o straen ar ei freichiau. Fe fyddai wedi gweithio mas ble i sefyll, gan gofio y byddai'r saeth yn hedfan trwy'r awyr, yna'n dechrau cwympo tua'r llawr ar ddiwedd ei thaith. Roedd Caron ar ei ben cyn iddo ei gweld. Gwaeddodd arno.

'Gei di dy ddala! Dy grogi wrth y ffawydden ucha!' hisiodd.

'Dwi'n mynd i stopo nhw!'

'Dros dro, falle!' Tynnodd ar ei fraich.

'Digon hir iddyn nhw ailfeddwl. Ti ddwedodd…'

'Protest ddi-drais wedes i.'

Ond roedd e'n dal i anelu'r saeth.

Fe allen nhw glywed rhywbeth tebyg i leisiau, yn swnio'n bellach nag oedden nhw mewn gwirionedd. I lawr yn y dyffryn, y gwynt yn hyrddio a'r glaw yn tasgu i lawr. Ceffylau'n chwyrnu. Chwipiau'n tasgu. 'Hyp, hyp, hyp. Ymlaen â chi.' Dynion mewn hetiau, yn wlyb at eu crwyn, ond cyffro yn yr aer. Y pridd yn troi'n slyri.

'Beth am dy fam?' plediodd Caron. 'Ti 'di meddwl ambytu hi? Beth fydde hi'n neud tase hi'n dy golli di?' Llyncodd Caron ei phoer, gan wybod yn iawn beth oedd colled.

Edrychai Twm fel petai'n ailfeddwl… Yna roedd ei dafod fel dur.

'Ma'r byd yn fwy na ni – ti ddysgodd hynny i fi,' meddai Twm. 'Cydwybod cymdeithasol – 'na beth o't ti'n ei alw fe.'

Roedd rhaid iddi ei stopio. Petai rhywbeth yn digwydd iddo, ei bai hi fyddai hynny. Meddyliodd am ei fam fwyn, yn fodlon ar y nesaf peth i ddim, yn conan dim pan ddaeth dieithryn trwy'r drws, a cheg arall i'w bwydo…

Gwyliodd e'n anelu'r bwa, ei lygaid yn edrych y tu hwnt i'r saeth ar y pictiwr o'i flaen. Llamodd Caron. Safodd o'i flaen.

'Mas o'r ffordd!' gwaeddodd Twm.

'Na!' Safodd Caron ei thir. Y sgarff wlyb yn gludo ei gwallt i'w chroen.

Prin y gallen nhw glywed ei gilydd – y tywydd fel trac sain.

'Dwi'n mynd i saethu.'

'Iawn. Gobeithio bod dwy saeth 'da ti, 'te. Achos bydd rhaid i ti saethu fi gyda'r un gynta.'

Crynodd ei freichiau. Gollyngodd Twm y bwa.

'Damo ti, Caron.'

Roedd hi mor falch. Aeth draw i sefyll ato, yn barod i'w gofleidio. Ond gwthiodd Twm hi mas o'r ffordd gyda'i benelin a chodi'r saeth unwaith eto.

'Beth ti'n neud?' sgrechiodd Caron arno.

'Sdim dewis 'da fi.'

Doedd dim dewis gan Caron chwaith. Gwthiodd Twm yn galed gyda'i dwy law. Digon iddo golli ei falans. Collodd ei afael yn y bwa –

doedd ganddo ddim llaw rydd i ymladd yn ôl. Yn y sgarmes, cydiodd llaw Caron yn y bag. Daeth oddi ar ei ysgwydd. Cwympodd yn glewt ar y llawr, yn gegagored. Gwthiodd y gwningen fach ei phen trwy'r twll hesian, snwffio'r aer gwlyb am funud fach ac yna mynd amdani.

Gwyliodd Caron hi'n troedio yn gegrwth, yn neidio yn ei blaen, yna'n stopio, yna'n neidio igam-ogam, yn symud yn gyflym.

Teimlai'n uffernol. 'Sori! O, sori!… Falle allen ni ddala hi.' Ond gwyddai'n iawn nad oedd hynny'n wir.

'Gad hi fynd,' atebodd Twm.

Roedd y glaw yn llacio ychydig. Oedd hynny'n beth da? Fe allai eu gweld nhw islaw. Ond fe fydden nhw'n ei gweld hi hefyd.

Sylwodd ar goch rhydlyd yr hydref. Roedd gwyrddni'r gwanwyn, y coed deiliog, glaswellt y gweunydd a blagur newydd y brwyn wedi aeddfedu'n lliwiau hufen a brown yn yr haf, cyn i law oer heneiddio'r gors, ei heneiddio hi.

Yn sydyn, clywodd daran ddychrynllyd. Holltwyd yr awyr gan fellten fawr. Welai Caron ddim byd, dim ond gwynder. Y cyfan yn toddi'n gyflym. Pen, meddwl, corff, fel hufen iâ yng ngwres y fflach.

Gwelodd Twm ei gyfle. Cydiodd yn y bwa a saeth a rhedeg i lawr y bryn.

'Stop!' gwaeddodd Caron. 'Stop, y ffŵl!'

Rhegodd yn galed. Heb y goes giami gallai ei ddal yn hawdd, ei guro mewn unrhyw ras. Ond doedd hon ddim yn gêm deg. Achubodd Twm y blaen arni, ac roedd mynd i lawr y bryn yn helpu ei gloffni. Dechreuodd Caron redeg ar ei ôl. O'i blaen, gallai weld wynebau'n codi, a dwylo'n llaesu. Os nad oedden nhw'n eu clywed, roedden nhw'n eu gweld. Roedd dyn mewn het uchel. Roedd ganddo wn yn ei law. Roedd e'n codi'r gwn a'i anelu'n syth at Twm. Doedd dim amser i'w golli. Cydiodd Caron mewn carreg a'i thaflu at ei ffrind. Ei arafu, dyna roedd hi eisiau ei wneud. Dyna'r gwir! Roedd hi'n anelu am ei ysgwydd. Ond fe drawodd Twm â chrac ar ei ben.

22

A R ÔL CASGLU Iwan, gyrrodd Rhys i lawr i ben pellaf y gors, y fan yn codi a chwympo dros y mawn brwynog, yn sgramblo drwy'r mwd. Stopiodd y cerbyd a dringo mas, gan ymddiheuro i Sam a'i siarsio i fod yn 'gwd boi'.

Anelodd at y twmpath cyntaf i'r dde a'i ddringo. Oddi yno fe allai Rhys weld y gors fel pictiwr. Roedd fel bod ar blaned arall, y blaned Mawrth, y gwair yn goch fel tân. Tapestri cyfoethog, a chartre i blanhigion a bywyd gwyllt prin. Mewn rhannau o'r gors, fe fyddai anifeiliaid fferm yn rhydd i bori. Lan fry, fe fyddai'r barcud, hebog yr ieir, y gylfinir a'r ehedydd yn hedfan. Gwas y neidr, madfall, dyfrgi a'r lindysyn yn ymlusgo trwy'r gors. Y gors, ei gors e: yn dawel, yn gweithio'n galed, yn storio carbon ac yn puro dŵr. Byd natur ar ei orau.

Roedd hi'n anferth. Yn fawr ac yn anghysbell. 862 erw ac un o'r gwlyptiroedd mwyaf yng Nghymru. Ceisiodd beidio becso am hynny. Ac eto…

Beth os oedd Caron wedi cael anaf, wedi cael ffit a'i bod hi'n ffaelu symud? Fe fyddai'n oer, yn ddryslyd, ond yn fyw. Gwelai Rhys gwmwl llachar a gobaith am well tywydd. Roedd gobaith felly. Roedd hi'n fyw. Gorlifodd ei galon â chariad wrth feddwl am y foment y byddai e'n ei gweld hi, yn ei ffeindio hi'n ddiogel.

Fuodd hi'n wlyb dros nos. Yn tasgu bwledi mawr trwm ar un adeg. Fyddai hynny'n gwneud pethau'n fwy anodd i'r heddlu? Roedd e wedi rhoi hen grys-T o'r fasged ar gyfer y cŵn synhwyro. Fuodd Rhys erioed mor falch nad oedd yn cadw ar ben y golch. Fydden nhw'n gallu ei harogli hi o hyd?

Dechreuodd gerdded, gan deimlo'r tir anwastad o dan ei draed, y gwair gwyllt yn cnoi ei bigyrnau.

'O'dd cot gyda hi?' gofynnodd i Iwan, wrth ei ochr.

'Beth?'

'Cot, 'chan. O'dd hi'n gwisgo cot?'

Siglodd hwnnw ei ben. Ci wedi cael ei ddal gan ei feistr.

'Sai'n siŵr.'

Plant 'ma i gyd heb got, sdim ots beth oedd

y tywydd, fel petai cysgodi a chadw'n dwym yn arwydd o wendid. Fyddai hi'n rhewi mas yna! Falle y byddai'n well petai hi ddim yno, 'te, ei bod hi wedi cael ei herwgipio. Na. Na, yn sicr ddim.

Fel hyn roedd ei feddwl yn gweithio. Yn pendilio rhwng un peth a'r llall.

Troediai'r ddau'n benderfynol, gan gamu i gyfeiriad ymyl yr afon, at y tâp melyn, lle gwelodd Iwan hi ddiwethaf. Doedd dim sôn am yr heddlu a'u cŵn, ond fe wydden nhw'n iawn eu bod nhw ar y gors yn rhywle. Dychmygai Rhys nhw'n taro'r llawr gyda'u polion hir, eu dwylo mewn menig du yn symud brwyn, llwyni a chloddiau er mwyn gwneud eu gwaith yn drylwyr. Roedd sôn am bobol yn dod i glirio'r drain gyda'u llifau dannedd miniog, i ganfod cliwiau petai'r ymdrechion cyntaf yn ofer. Disgwyliai Rhys fod yn flin eu bod yn trin y gors fel trigolion diddeall o'r oes a fu. Dyna beth oedd ei waith – troedio'r ffin denau rhwng croesawu ymwelwyr i fwynhau'r awyrgylch arallfydol a hefyd ei gwarchod hi rhag dinistr dyn. Ond roedd e'n falch, y diawl bach hunanol ag e. Fe fyddai'n fodlon gwneud unrhyw beth i ddod o hyd i'w ferch – hyd yn oed os oedd hynny'n golygu amharchu'r gors yn llwyr.

'D… dwi'n meddwl ambytu'r noson honno, fel gwylio ffilm,' meddai Iwan yn ddisymwth, gan darfu ar ei feddyliau.

Doedd dim modd dibynnu ar dystion, roedd hynny'n ffaith, meddyliodd Rhys.

'O'n ni wastad yn dod gatre gyda'n gilydd. Ddylen i fod wedi aros iddi.'

'O'dd hi… *ma* hi'n heini iawn. Hen ddigon abal i ffeindio'i ffordd gatre.'

Ble oedd hi, 'te? Yr un hen gwestiwn yn troi yn y meddwl.

'Dylen i fod wedi aros,' ategodd Iwan.

'Beth o'ch chi'n neud 'na?'

Sniffiodd Iwan yn uchel – chwerthiniad di-wên.

'Chware cwato.'

Dyna beth o'n nhw'n ei alw fe dyddie 'ma, ife?

'A ble o'ch chi'n "cwato"?' gofynnodd Rhys, ei eiriau'n drwch o ddrwgdybiaeth.

Edrychodd y ddau ar ei gilydd, ac Iwan yn synhwyro yn syth nad oedd Rhys yn ei gredu. Ceisiodd Rhys chwilio'r wyneb ifanc i weld a oedd rhywbeth wedi newid. A oedd rhywbeth i ddangos eu bod nhw, y gŵr ifanc yma a'i ferch, yn fwy na ffrindiau?

'D… dwi'n gwbod ei fod e'n swno'n stiwpid… ac o'dd, fe o'dd e. Nage plant y'n ni, ond 'na beth o'dd hi moyn neud. A, wel, hi yw'r bòs.'

Cwato? Wrth bwy neu beth oedd hi'n cwato, 'te? Llyncodd Rhys ei boer.

'Sai 'di gweud hyn wrth neb, dim hyd yn oed yr heddlu, ond y bore 'ny, cyn iddi fynd i'r ysgol, fe gwmpon ni mas…'

Edrychodd Iwan arno fel petai'n disgwyl iddo ddweud mwy.

'Ffindes i rwbeth. Rhwbeth personol. Nage busnesa o'n i, cofia —'

Yna trodd Rhys y sylw.

'Beth amdanoch chi, Iwan? O'ch chi 'di cwmpo mas?'

Meddyliodd Iwan am barti Javid… amdano fe a Cêt… am y parti i ddod…

'Na. Ond o'dd rhwbeth ar ei meddwl hi,' meddai.

'O'dd… Ma meddwl ei hunan 'da hi. Penderfynol. Styfnig. Ma hi'n gallu troi, fel y tywydd. Dwi'n cofio mynd i bysgota 'da hi yn yr afon 'ma un tro. Blynydde 'nôl. Ffindon ni sbotyn da i ddala sewin. Do'dd ddim siâp arni, a gweud y gwir. Wedes i'r peth rong. Gweud bod mwy o jans 'da ddi ddala annwyd na sewin. Os do fe! A'th hi i bwdu – mynd i gwato yn…'

Symudodd Rhys ei ben yn ôl fel petai rhywun wedi ei daro. Gwelai ddawns y dail, y dewin wedi ysgwyd ei ffon. Stopiodd gerdded. Trodd a dechrau cerdded i'r cyfeiriad arall. Ymbalfalai gyda'i ffôn, beth oedd enw'r D.I. yna eto? Rhywbeth 'P'… 'Co fe. Prasanna.

'Rhys?' galwodd Iwan a dechrau rhedeg i gadw lan â'r gŵr canol oed.

Roedd Rhys mas o wynt pan gyrhaeddodd o fewn tafliad i'r fan, ei frest yn dynn, ac Iwan wrth ei gynffon. Roedd yr afon wedi chwyddo oherwydd yr holl law diweddar, ac edrychai'n dew ac yn ddieithr, yn symud yn gyflym ac yn hisian fel gwiber. Ond doedd dim modd methu'r lle gorau ar y gors i ddal sewin, na'r ynys hudolus o wyllt yn goron ar y cyfan. Oedodd e ddim. Bwrodd Rhys i ganol y gwlybaniaeth, y stecs llwydaidd yn llenwi ei welingtons o fewn dim, yn gwlychu ei goesau, yn oeri ei draed. Bustachodd tuag at y patsyn o goed, gan gofio adlewyrchiad y cymylau ar y glasddwr ar ddiwrnod braf. Roedd y ffawydd yn ymestyn dros yr wyneb, trwyn ambell un yn dalach na'r llall, a gwefus binc y prysgwydd yn gwrido gan gywilydd.

Roedd yn ofalus i ddal y ffôn uwch ei ben.

Roedd y dŵr yn rhewllyd, ond yr oerni yn poeni dim arno.

Taflodd y mobeil ar yr ynys, rhoi ei ddwylo ar y gwair a llusgo ei gorff gwlyb i fyny, un goes ar ôl y llall. Cydiodd yn y ffôn a'i roi yn ei boced. Doedd y darn tir ddim yn fawr, ond fe gymerodd Rhys ei amser i'w archwilio'n iawn, yn hanner ymwybodol o Iwan yn y cefndir, ei lais yn gras wrth alw am Caron, yn crawcian fel hwyaden y gors. Roedd hi'n olygfa ryfedd. Edrychai'r coed ffawydd yn noeth, a llusgai eu canghennau i ddŵr y gors, fel breichiau hirion hen ddynes. Pa un oedd hi? Trodd Rhys o gwmpas fel deilen yn y gwynt. Aeth i lawr ar ei bengliniau a chodi un o'r canghennau mawrion fel y gallai gropian oddi tani. Roedd hi'n syndod o sych. Ond y siom! Doedd hi ddim yno, nac o dan y ffawydden nesaf, na'r un nesaf ac roedd e bron â digalonni, pan welodd rywbeth tywyll, twmpath o frigau, ond yn rhy ddeiliog i fod yn ffawydden anniben ei gwisg. Tyfodd y twmpath yn ysgwydd, yn gefn, yn gorff wrth iddo nesáu. Roedd anadl Rhys yn dod yn dew ac yn fuan, bron â'i fygu.

'Caron?' galwodd yn grynedig.

Gorweddai ar ei hochr, fel petai rhywun wedi ei gosod yno yn ofalus.

Anadlodd yn ddwfn.

'Rhys, chi'n ocê?' Roedd Iwan yn ei gwrcwd, wedi codi'r gangen braffaf fel petai'n agor clawr ar lyfr stori.

'Mae yma. Ond… ond…'

Roedd arno ofn trwy ei din, ond doedd dim amser i'w golli. Aeth Rhys ati yn garcus a mentro rhoi ei law ar ei hysgwydd, ar ei phen, ar ei thalcen. Roedd ei chroen yn oer, ond ddim yn farwaidd. Tynnodd ei got yn ffwndrus a'i rhoi amdani, gan estyn ei glust at ei gwefus a gwrando.

'Mae'n anadlu!'

Clywodd Rhys y rhyddhad yn ochenaid Iwan wrth ymbalfalu am y ffôn o'i boced. Gwasgodd y botymau bach. Dim byd. Rhwbiodd y dagrau poeth o'i lygaid. Taflodd y ffôn at Iwan.

'Rheda i gael signal. Gwed wrthyn nhw ei bod hi'n fyw. I ddod glou! Ma ddi'n cysgu fel babi. Ond mae'n fyw.'

23

Lydia Likes 🐱
> Ff* sêc! Wedi ffeindio hi!

Cet Real 🌷
> OMG. Caron? OMG. Odi hi'n OK?

Lydia Likes 🐱
> Odi, jammy git. Fi'n credu bod hi.

Golwg 360

'Gwyrth' – y ferch ysgol oedd ar goll yn fyw

Mae merch oedd ar goll wedi cael ei chanfod yn fyw. Doedd Caron Jones, 15 oed, o Dregaron heb gael ei gweld ers Fedi'r 7fed pan aeth i Gors Caron ar ôl ysgol gyda ffrind. Hysbyswyd yr heddlu ei bod ar goll gan ei thad rai oriau yn ddiweddarach.

Daethpwyd o hyd i Caron gan ei thad ar ran ynysig o'r gors. Roedd y ferch ifanc yn fyw ond yn anymwybodol ac aethpwyd â hi i Ysbyty Bronglais lle mae'n parhau i gael gofal.

Fe wnaeth diflaniad y ferch esgor ar un o'r chwilfeydd mwyaf yn hanes y sir, a bu pobol leol yn helpu'r heddlu i chwilio ehangder Cors Caron.

Daethpwyd o hyd i Caron mewn man oedd yn adnabyddus i'r teulu ac mae ei chanfyddiad wedi cael ei ddisgrifio fel 'gwyrth'.

Mae'r ymchwiliad yn parhau i sut y bu i'r ferch fod yno mewn man mor bell o'r lle y gwelwyd hi ddiwethaf.

24

ROEDD E RHWNG dau feddwl p'un a fyddai'n
ateb y gnoc o gwbwl, ond atebodd ei gorff
cyn ei feddwl. Neidiodd Iwan i fyny ac agor drws
ei stafell wely yn fygythiol yn barod i boeri '*Yeah?*'
ar ei fam fusneslyd. Cafodd sioc trwy ei din i weld
pwy oedd yno.

'So ti 'di bod yn ateb dy ffôn,' cyhuddodd Cêt,
gan fynd i mewn i'w stafell o dan ei fraich, heb
ofyn am wahoddiad.

Ciciodd Iwan ddarn o sbwriel ar y llawr a
sgyrnygu wrth iddo daro'r bin.

'Dwi 'di troi e off.' Canodd Iwan, gan syllu
arni'n ddwl, 'Yeah, I'm just a teenage dirtbag,
baby, Listen to Iron Maiden, baby, with me.'

Edrychodd Cêt arno'n hurt. Roedd ei llygaid
doli yn fflachio. Diffoddodd hi'r miwsig.

'Do, wir i ti! Ma pob math o bobol 'di bod yn
ffono a gadel negeseuon. Shwt ma'n nhw'n gwbod
y blydi rhif?'

Edrychodd Iwan arni am funud. Gwisgai Cêt

hen grys-T, jîns wedi'u rhwygo a bŵts beiciwr.

'Ti newydd ddod mewn trwy ddrws y ffrynt?'

Os felly, roedd hi newydd wneud y sefyllfa gan mil gwaeth… Doedd hi ddim wedi gweld y newyddiadurwyr fel haid o ieir ar yr hewl tu fas i'r giât?

'Bygyr off, Iwan.'

'So ti'n deall? Bydd e'n mynd yn *viral*.'

'Ddes i rownd y cefn, ocê? Sai'n stiwpid! Dim ti yw'r unig un sy wedi ca'l ei effeithio gan hyn i gyd, ti'mod – o'dd Caron yn ffrind i fi hefyd…' Stopiodd Cêt i lyncu ei phoer, gan gofio na fu'n fawr o ffrind iddi'n ddiweddar. 'Ond ti sy'n ca'l chware'r arwr mowr.'

Roedd hi wedi pwdu'n lân, ei gên ar ei brest, ei gwallt llwyd heb ei sythu, yn naturiol donnog… Roedd e'n lico hynny. Meddalodd.

'Ei thad ffeindiodd hi. O'n i jyst digwydd bod yna…'

'Dal…'

Synhwyrodd Iwan ei bod hithau'n meddalu ychydig hefyd. Edrychodd arni gyda'i lygaid llo bach.

'Sdim arwr fan hyn. Yn y carchar fydda i…'

meddai, gan gyfadde ei ofnau i rywun arall am y tro cyntaf.

'Paid bod yn ddwl.'

'So ti'n deall shwt ma pobol yn meddwl, yn troi pethe – "Bach o gyd-ddigwyddiad, so chi'n meddwl – yr un dwetha i'w gweld hi yw'r un cynta i'w ffeindio hi hefyd"…'

'*So what*?'

'*So what*?'

Ddwedodd neb ddim byd am ychydig.

'Shwt ma hi?' gofynnodd Cêt, ei chalon yn gwaedu wrth feddwl am ei ffrind. 'Licen i weld hi… pan fydd hi'n well.'

Meddyliodd Iwan am Caron yn gorwedd yno'n llonydd fel tywysoges yr eira. Dim un marc ar ei chroen, ond ei hwyneb a'i chorff wedi eu hanharddu gan diwbiau i'w helpu hi i anadlu, yn ei bwydo a'i hydradu. Doedd e ddim am ypsetio Cêt yn fwy nag oedd e wedi ei wneud yn barod. Ymwrolodd.

'Ma hi'n ocê. Ma pobol yn gallu dihuno o gôma… a ma Caron yn iach, yn heini, fe ddihunith *hi* hefyd. So ti'n cofio'r bachgen 'na, yn dihuno ar ôl bod yn arogli Lynx?'

Siglodd Cêt ei phen ac edrych o'i chwmpas fel petai'n chwilio am botel Lynx yng nghanol yr annibendod.

'O'dd e bron â boddi, y bachgen 'na. Fydde fe wedi bod yn oer, 'run peth â Caron… Ma'n rhaid bod ti'n cofio?'

'Nagw, ocê?'

'Ma llun 'da fi ar y ffôn.'

Hwrjodd Iwan hi i edrych ar y sgrin.

'Dwi'n cofio dangos y stori i Caron. Wedodd hi y bydde'n ogle i'n ddigon i ddihuno unrhyw un o gôma. O'dd hi'n chwerthin fel peth dwl… ond dyw e ddim yn ddoniol nawr.'

Cerddodd Cêt draw ato a sefyll o'i flaen, ei dwy law bob ochr i'w chorff, yr un peth ag yntau. Do'n nhw ddim yn cyffwrdd ond fe allen nhw deimlo emosiwn y naill a'r llall, y fflachiadau o drydan rhyngddyn nhw. Nesaodd Iwan nes bod ei dalcen yn pwyso yn erbyn ei thalcen hithau.

'D… dwi 'di gweld eisie ti,' mentrodd.

'Dwi 'di gweld eisie ti hefyd.'

25

OEDD, ROEDD HI'N wyrth. Gwyrth y gors. Caron yn fyw. Y gors hudolus wedi ei chadw hi'n fyw, yn sych dan y canghennau, wedi ei chysgodi a'i gwarchod rhag y gwaethaf o'r tywydd, fel dyfrgi yn ei got aeaf.

'Dwi fod i siarad â ti. 'Na beth ma'n nhw wedi gweud. Ond, t'wel… sai'n siŵr iawn beth i weud wrthot ti. Ie, 'merch 'yn hunan! Falle bydde fe'n haws tasen ni'n ddau ddieithryn.' Torrodd ei lais. 'Dwi'n falch bod ti'n saff, bach.'

'Am newyddion gwych! Chi siŵr o fod wrth eich bodd, Rhys Jôs!'

Ac oedd, wrth gwrs ei fod e. Gwybod ei bod hi'n fyw, ei bod hi'n ddiogel.

Roedd yna gwestiynau o hyd, cymaint o gwestiynau i'w hateb. Sut gyrhaeddodd hi'r ynys? Oedd hi wedi cwympo i'r dŵr, neu oedd hi wedi neidio? Ac roedd 'na bosibilrwydd o hyd i rywun ei gwthio hi yn y lle cyntaf. Ond pwy fyddai'r rhywun hwnnw? A pham fyddai wedi gwneud hynny i'w ferch?

Un peth oedd hyn yn y gadwyn o gwestiynau. Achos nid yn y dŵr oedd hi. Er y byddai'n rhaid iddi fod wedi croesi'r dŵr i gyrraedd yr ynys, a hynny heb gwch na bwrdd syrffio o unrhyw fath, roedd ei dillad yn sych, yn damp ond yn sych. Doedd dim marc arni, dim arwydd o ymosodiad. Roedd yna hen anaf i'w phigwrn, ond roedd hwnnw'n gwella. Fe awgrymodd un doctor falle i rywun fod yn ei drin. Roedd olion migwyn arno, ac fe ddwedodd i'r mwsog gael ei ddefnyddio ar anafiadau milwyr i leihau poen ac fel math o antiseptig.

Roedd yr MRI wedi dangos iddi gael trawiad epileptig. Newyddion digon dychrynllyd i rai. Ond roedd e a Caron yn hen gyfarwydd â hynny. Rhywbeth dros dro, fel hunllef, oedd hwnnw. Yn ddigon drwg ar y pryd, ond yn siŵr o basio a'i effeithiau yn rhai byrdymor. Doedd dim cyffuriau epilepsi yn ei gwaed – ei 'fitamins', fel y byddai'n eu galw nhw. Oedd, roedd Caron yn gallu chwerthin arni hi'i hun. Ond doedd hi heb gymryd ei thabledi felly. Ai dyna oedd wedi achosi'r ffit? Gwyddai Rhys yn iawn beth fyddai effaith un o'r rheini ar Caron. Fe fyddai'n dihuno gyda phen tost ofnadwy ond yn ddianaf, yn gysglyd ac yn anghofus am ychydig. Unwaith iddi fwrw ei blinder fe fyddai ar ei thraed unwaith eto. Roedd hi'n athletwraig. Gwyddai un peth – fe fyddai wedi gwneud pob ymdrech i drio dod adre ato fe a Sam. Ac eto, doedd hi ddim wedi gwneud hynny. Pam?

Roedd hi wedi cael profion, ond do'n nhw ddim agosach at y gwir. Oedd hi'n anymwybodol oherwydd iddi gael trawiad neu ai'r ffordd arall oedd pethau wedi digwydd? Ai oerfel neu boen meddwl oedd wedi achosi'r ffit? Fe allai fod wedi crwydro mewn breuddwyd ac wedi dihuno ar goll.

Roedd rhywbeth arall roedden nhw wedi ei ganfod. Roedd Caron yn gorwedd ar ei hochr, fel petai rhywun wedi ei gosod yno'n fwriadol – fel ffigur mewn ffenest siop. Dychmygai ambell un yn meddwl, 'Dyna neis, fel ffitws bach'. Ond roedd e'n gwybod y gwir. Roedd hi'n gorwedd fel y byddai e'n ei gosod hi pan fyddai yng nghanol ffit, a hynny i'w harbed rhag tagu ar ei thafod ei hun. Oedd rhywun wedi ei herwgipio, neu a fu rhywun yn gofalu amdani? Roedd hynny'n sicr yn bosibilrwydd. Ond os felly, pam eu bod nhw wedi penderfynu ei gollwng hi'n rhydd? Fe fydden nhw'n siŵr o fod yn ymwybodol y gallai hi rannu gwybodaeth amdanyn nhw, gwybodaeth a allai arwain atyn nhw'n cael eu dal... Oedd e'n gwneud synnwyr felly ei bod wedi cael dod oddi yno'n fyw?

26

'FFINDES I RYWBETH yn ei stafell hi...
Condom...'

'Ha!'

'Beth o'dd e'n neud 'na?' gofynnodd Rhys.

'Sai'n gwbod! Mêts y'n ni.'

Roedd Iwan yn dal i fod yn grac. Gwyddai na fyddai hyn wedi digwydd petaen nhw wedi stico gyda'i gilydd. Fe a Caron. Ar ôl ysgol, ar y gors. Roedd darganfod bod ei ferch yn fyw wedi newid Rhys hefyd. Yr aros diamynedd wedi troi'n awch i godi cynnen.

'O's sboner 'da hi?'

'Nag o's,' atebodd Iwan.

'Neb ond ti.'

'Fi a Caron? Na, so chi'n deall. Ma 'da fi wejen.'

Doedd neb yn gwybod, dim hyd yn oed Caron – mor bell ag oedd e'n gwybod. A nawr roedd e'n dweud wrth ei thad!

Roedd Iwan yn meddwl y byddai wedi gwneud unrhyw beth i'w gweld hi eto, gwybod ei bod hi'n fyw. Roedd hyn yn chydig bach o sioc iddo, y teimladau, yr angerdd hyn.

'Dim ond ti fydde'n neud hyn… creu hafoc… hala pobol i ame fi, dy ffrind gore, ar Facebook a Twitter!' gwaeddodd Iwan arni yn ei ben. 'A nawr drycha beth ti 'di neud, ailymddangos heb flewyn arnot ti – ateb un cwestiwn gyda dirgelwch arall!'

'Chi'n meddwl bo' nhw'n fy amau i, 'te? Yr heddlu?' Os oedd ei thad yn ceisio gwneud i Iwan boeni, roedd yn gwneud jobyn da. Sythodd ei wallt gyda'i law.

'Ma'n nhw siŵr o fod yn ffaelu deall ble ma hi wedi bod.'

'Ond dim fan'na o'n ni, hi a fi, y noson ddiflannodd hi.'

'Falle iddi fynd draw 'na ar ei phen ei hunan, i chwilio am rwle i gwato. I bwdu…' Dyna oedd ym meddwl Rhys. Dyna sut oedden nhw wedi ei chanfod hi.

'Na, sai'n meddwl 'ny, ch'wel… Sai'n credu bydde hi. O'dd hi'n nosi, yn tywyllu. O'dd Caron yn nabod y gors ond o'dd hi'n teimlo ofn. O'dd hi ofn y gors hefyd.' Byddai hi'n ei ladd e am ddweud hynna!

'Parchedig ofn.'

'Ie, 'na chi. 'Na beth o'dd hi'n ei alw fe. Ar y gors, bydde hi'n gweud fod pethe'n ca'l eu geni ac yn marw, yn tyfu ac yn ca'l eu difa.'

'Ma hi'n reit, on'd yw hi? O'dd hi'n gallu bod yn styfnig ond o'dd hi ddim yn greulon. Fydde hi ddim eisie i'w hen dad boeni. O'dd, o'dd hi'n gallu neud pethe dwl yn enw menter ond... y trawiad, do'dd e ddim yn wa'th nag arfer, medde'r doctor. Fydde hi wedi dod ati'i hunan. Falle fydde hi ddim yn siŵr ble o'dd hi, na pwy o'dd hi, am damed bach – ond fydde hi wedi gwella'n glou, so ti'n meddwl? Fydde hi wedi neud unrhyw beth i ddod adre...'

'Ble fuodd hi mor hir, 'te?' Siglodd Iwan ei ben.

Doedd y condom ddim yn meddwl dim byd. Oedd e? Doedd Iwan ddim yn meddwl bod Caron yn ei dwyllo – bod ganddi sboner a'i bod wedi ei gadw'n gyfrinach. I feddwl iddo fod yn poeni am ddweud y gwir amdano fe a Cêt wrthi. Roedd ganddi hi sboner a doedd hi heb ddweud gair wrtho fe! Falle'i bod hi wedi ei brynu fel laff, neu gyda'r bwriad o gael golwg iawn ar bethau – ymchwil! Ha. Neu falle fod rhywun wedi ei roi e ym mag ysgol Caron fel jôc – roedd bois mor anaeddfed, fel roedd hi'n ei atgoffa o hyd.

'Ni 'di bod yn cadw pethe'n dawel, fi a Cêt, ond ni'n mynd i barti Eifion gyda'n gilydd,' meddai Iwan, yn benderfynol o fod yn fwy o ddyn na'r bechgyn eraill.

Man a man i hwn wybod y cwbwl amdano fe a Cêt.

'Pryd ma'r parti 'ma?'

'Dydd Sadwrn sy'n dod. Bydd pawb yn gwbod ambytu ni wedyn. Os nag y'ch chi'n 'y nghredu i, chi fydd yr unig un.'

27

'DYN IFANC OEDD y corff wedoch chi?'
'Na, sai'n credu i mi ddweud hynny.'

'Fe allai corff y gors fod yn ddyn ifanc. Pan siaradon ni ddiwetha, 'na beth wedoch chi.' Ceisiodd Rhys gael y ffeithiau'n glir yn ei feddwl. Roedd lot wedi digwydd ers iddo siarad â'r archaeolegydd am y corff ar y gors.

'Ie. Roedd hynny'n bosibilrwydd. Ond ry'n ni wedi cael canlyniadau'r profion ers hynny – maen nhw'n dangos i'r dirgel ddyn yma farw yn hen ŵr.'

Nodiodd Rhys iddo'i hun, gan geisio balanso'r ffôn yr un pryd. Roedd arno ofn gofyn, ond roedd yn rhaid iddo gael gwybod.

'O's rhwbeth arall allwch chi weud wrtha i amdano? Yr holl brofion 'na, ma'n nhw siŵr o fod yn gweud rhwbeth o bwys.'

'Ydyn. Dyn croenwyn, cryf, pum troedfedd chwe modfedd o daldra… Mae'n debygol iddo farw tua diwedd y bedwaredd ganrif ar bymtheg.'

'Bois bach. Ma'n bosib bod hwn byw adeg y cynlluniau mowr i osod traciau trên ar hyd y gors, 'te.'

'Mae'n bosib.'

'Rhwbeth arall? O's unrhyw beth arall allwch chi weud amdano fe?'

'Roedd rhyw anaf ar un o'i draed. Mae'n debygol ei fod e'n gloff. Roedd yna arwyddion i'w goes chwith gael ei thrin â migwyn.'

'Migwyn?'

'Ie. Cyn oes syrjeris ac ysbytai byddai pobol leol yn cael eu penodi'n "ddoctoriaid" – menwod yn aml iawn. O'n nhw'n arfer defnyddio'r mwsog i leddfu poen —'

'Dwi'n gwbod 'ny,' ochneidiodd Rhys. ''Na beth od.'

'Od. Pam?'

'O'dd ôl migwyn ar goes Caron 'fyd.'

Roedd neges wrth y buddsoddwr ar y ffôn ben bore:

Rhaid symud ymlaen. Pryd fyddai'n gyfleus i drafod?

Cytunodd Rhys i fynd i'r swyddfa yn y dre, adeilad tŷ teras wedi ei addasu yn y 1960au. Wrth ddringo'r stâr i'r trydydd llawr fe sylweddolodd nad oedd wedi bod i lawer o unman ar wahân i'r ysbyty a'r gors ers wythnos. Cafodd groeso cynnes ac ysgydwodd Morris Richards ei law yn gadarn. Gwisgai ei siwt yn ôl ei arfer a difarai Rhys na fyddai wedi gwisgo pâr o drowsus glân. Eisteddodd, yn ôl ei orchymyn, ar hen gadair dderw â chlustog ledr, ond gwrthododd y cynnig am baned o de.

'Mae'n gyfnod anodd i chi ond allwn ni ddim llaesu dwylo. Mae popeth yn barod i ni symud ymlaen, a gyda'ch caniatâd chi —'

Roedd dogfen ar y ddesg. Plygai Richards ei ddwylo'n benderfynol, yn chwarae ei rôl wrth gynrychioli Preston Developments. Fe allai Rhys weld ffrydiau glas ei wythiennau.

'Wow, wow, am beth chi'n sôn…?' Rhoddodd Rhys ei law ar y papur.

'Newyddion da, ni'n clywed. Bod Caron yn saff.'

Llyncodd Rhys ei boer.

'Ry'n ni'n sylweddoli bod eich meddwl ar bethau eraill. Y teulu fydd yn cael y flaenoriaeth

wrth gwrs. Bydd angen gofal ac amser ar…'
Stopiodd ei hun rhag camu i'r gors yna.
Bywiogodd. 'Wel, amser am bennod newydd.
Dechre o'r newydd…'

Roedd e'n iawn, meddyliodd Rhys. Caron
oedd yn dod gyntaf nawr. Fe fyddai e yno nes iddi
ddihuno, nes ei bod hi'n barod i ddod gartre. Fe
fyddai'n gollwng popeth arall i ofalu amdani. Hi
oedd yn bwysig. Hi oedd blodyn y gors.

'Dy'n ni ddim eisie ychwanegu at eich llwyth
gwaith ar amser fel hyn. Ry'n ni eisoes wedi cytuno
ar y telerau, fwy neu lai. Dim ond un peth sydd ei
angen cyn y gallwn ni fwrw ymlaen â'r cynlluniau
ar gyfer y gors… Eich llofnod chi.'

Rhoddodd y beiro yn llaw Rhys. Ysgrifbin inc
tebyg i'r hyn roedd e wedi ei weld ar raglenni
dogfen. Doedd e ddim yn un am sgrifennu, ac
roedd hwn yn teimlo'n ddieithr iawn i Rhys.
Roedd arno ofn blotio'r papur. Ond doedd e
ddim yn meddwl mai dyna pam ddechreuodd ei
law siglo. Roedd y nib yn crafu'r papur. Yn sydyn
roedd Rhys yn crynu fel cath a thasgodd y pìn o'i
law.

'Esgusodwch fi,' meddai, ei lais yn crynu'n waeth

na'i law. 'Dwi newydd sylweddoli – ma rhwbeth dwi 'di anghofio neud.'

Allai e ddim newid y dyfodol heb siarad gyda merch y gors yn gyntaf.

28

DOEDD E DDIM yn siŵr a oedd e'n mynd i allu
dweud wrthi. Blynyddoedd o gau ei geg.
Cae'r cap ar y botel sos coch. Y gragen agored yn
cau fel trap petai bysedd busneslyd yn dod yn rhy
agos, nes bod ei deimladau'n pwyso arno ac yn
gwneud iddo deimlo'n sâl. Ond roedd yr ysbyty
cystal ag unman. Fyddai hi ddim yn gallu torri ar ei
draws, gyda'i gigls gwyllt, na rhedeg bant i gwato.
'*Whatever*, Dad.'

Awyr iach oedd ei ddihangfa. Bod mas ym mhob
tywydd. Os nad oedd e'n hapus gallai Rhys weiddi
ar wylltineb y gors. Roedd e'n deall y ddrysfa
anniben. Fe fyddai'n rhegi a Sam yn cyfarth, fel
deuawd y buarth. Yna fe fydden nhw'n edrych ar
ei gilydd a Rhys yn dechrau chwerthin. Cofiai un
tro iddo gwympo ar ei benagliniau a chladdu ei ben
ym mlew brwsh y terier bach.

Ond roedd e'n rong, fel yr oedd e wedi bod am
lot o bethau yn ei fywyd, siŵr o fod. Achos unwaith
agorodd e'i geg, fe ddaeth yr hanes mas yn rhwydd.

Roedd fel petai'n darllen stori cyn cysgu i'w ferch fach, ond bod y rhan fwyaf o'r stori hon yn wir.

'Pan o't ti'n fach, fe lewygest ti, yn yr ysgol. O't ti'n iawn wedyn, ond fe effeithiodd e ar y ffordd o'dd dy fam gyda ti. O'n i wastad yn ei chyhuddo hi o folicodlan ti. Ie, fi'n gwbod, gair hen ffash wrth hen ddyn. "Ma'n rhaid i ti adel i'r un fach fyw ei bywyd," fydden i'n gweud wrthi o hyd. Siarad amdanot ti o'n i, Caron, ond pan fydden i'n gweud pethe fel'na fydde dy fam yn dishgwl arna i'n od, fel 'se fi o'dd yr un o'dd yn ein dala ni i gyd 'nôl.'

'Drycha be sy fan hyn.'

'Be? O's rhwbeth yn byw 'na?'

'Rho dy law mewn i ti ga'l gweld, Caron fach...'

Ond roedd hi'n gyndyn o wneud. Doedd wybod beth oedd yn nhywyllwch y bocs. Beth petai gwiber y gors yn llechu yno? Roedd hi'n amlwg yn anfodlon. Felly, fe agorodd ei thad y blwch ei hun, yn araf ofalus, fel petai'n agor bocs tecawê. Edrychai ar ei groten fach ac ar y bocs, yn ôl ac ymlaen yn ddisgwylgar, ei lygaid caredig yn dweud 'does dim byd i'w ofni'.

Fe adawodd Rhys i'r creadur bychan ddringo ar gledr ei law chwith, yn ei amser ei hun. Yna, rhoddodd ei law dde yn ymbarél amdano.

Mentrodd Caron estyn un bys bach. Anogodd ei thad hi.

'Sdim eisie bod ofn. Wneith e ddim…'

'Aaaa!'

'Gofalus, Rhys!' gwaeddodd ei mam.

'Jiw, jiw, ma hi'n iawn, on'd wyt ti, Caron?'

Nodiodd yr un fach, yn ei dagrau, ei thrwyn yn llawn, ei gên yn crynu. Doedd y corryn ddim yn wenwynig a doedd e ddim wedi ei chnoi. Ond doedd Caron ddim yn ei hoffi, ac roedd y croen ar ei bys yn goch ac yn goslyd.

Cododd ei thad hi i fyny ar ei ysgwyddau, a dechrau llamu dros y lle fel anifail gwyllt, yn gwneud rhyw synau twp, nes bod y ddau ohonyn nhw'n chwerthin yn ddwl a Mam yn syllu arnyn nhw'n ddiddeall. Wedi'i phigo, wrth eu gweld yn ffrindiau mawr, a hithau y tu allan i'w byd.

'T'wel, o'dd rhwbeth yn ei llygaid hi y diwrnod hwnnw, yn y ffordd o'dd dy fam yn edrych arna i. Dwi 'di bod yn meddwl a meddwl ers 'ny – ai dyna pryd newidiodd hi ei meddwl am fynd â ti gyda hi? Ai dyna pryd sylweddolodd hi y bydde ei cholli hi yn un peth, ond y bydde dy golli di yn annioddefol i fi?'

Pesychodd Rhys yn ysgafn, yn benderfynol o fynd yn ei flaen. Yn benderfynol o ddweud y cyfan wrthi tra ei bod hi'n cysgu yn ei gwely, yn gwella ar y ward.

'Ges i syrpréis i weld Anti Brenda, gwraig Wil Drws Nesa, yn tŷ ni, heddwch i'w llwch. O'dd dy fam wedi slipo mas i'r siop, meddai Anti Brenda, ac o'n i'n ei chredu hi… Dwi'n gwbod nawr, o'dd hynny ddim yn wir wrth gwrs.

'Sai'n siŵr faint o'r gloch o'dd hi pan ddechreues i feddwl, a laru aros i dy fam ddod 'nôl o'i siopa. Dreies i ffono hi ond do'dd dim ateb wrth gwrs. Do'dd ddim shwt beth â traco ffôn bryd 'ny,' chwarddodd yn sych a mentro edrych ar ei ferch. 'Es i i'r stafell wely. Do'dd dim byd yn ddierth ar yr olwg gynta. Yr annibendod arferol. Ond pan edryches i 'to sylwes i ar bethe bach. Y bag colur wedi mynd o sìl y ffenest. Bwlch glân yn y dwst lle byddai ei phersawr orenau ar y cwpwrt dillad. Sylwes i ar y dafod o ddefnydd yn stico mas o'r drôr top. Pan agorais i fe o'n i'n gweld yn strêt. O'dd hanner ei dillad hi wedi mynd. Do'dd dim golwg o'i brwsh, dim ond clwmpyn o wallt coch yn y bin.'

Edrychodd ar ei ferch, ar ei choron goch. Gwallt ei mam oedd yn ei gwneud hi mor anodd edrych arni weithiau. Caeodd Rhys ei lygaid yn dynn i geisio stopio'r dagrau cyn iddo orffen ei stori.

''Na pryd dechreues i dwrio. O'dd hi wedi mynd â modrwy ei mam, dy fam-gu di, ac wedi gadael ei modrwy briodas hi. O'dd *post-it* melyn arni ac un gair – Caron. Dwi wedi'i chadw hi'n saff i ti. Ffindes i lythyr 'fyd. Falle bydd hi'n anodd i ti ddeall pam dwi 'rioed wedi ei ddangos i ti, ond, ti'n gweld, y llythyr… o'dd e'n esbonio popeth ac, ar yr un pryd, do'dd e ddim yn ateb dim byd.'

Annwyl Rhys a Caron,

Chi siŵr o fod ffaelu deall ble ydw i. Peidiwch poeni, dwi'n berffeth saff. Yn iach o gorff a meddwl. Rwy'n eich caru chi, gyda fy holl galon.

Ond mae'r byd yn galw a fedra i ddim anwybyddu ei gri. Peidiwch gwastraffu amser yn gofidio. Dries i ddweud wrthoch chi ond roedd y geiriau'n pallu dod. Dwi eisie i chi wybod - bydda i'n meddwl amdanoch chi. Cofiwch hynny.

Elinor-Ann / Mam ♡

Plygodd Rhys y llythyr bach – roedd e'n debycach i nodyn, yn olion bysedd i gyd. Rhoddodd e'n ôl yn yr amlen, a rhoi'r amlen yn y drôr wrth wely Caron. Yna estynnodd y fodrwy o'i boced, modrwy briodas Elinor-Ann, a'i gwthio ar fys canol Caron. Yn arwydd ei bod hi'n dal i berthyn i'w mam.

'Ti wedi bod ar antur, on'd wyt ti, Caron? Wel, dwi eisie i ti wbod un peth – ma croeso i ti fynd, dwi *moyn* i ti fynd… A bydda i 'ma, cariad bach, pan fyddi di'n barod i ddod 'nôl.'

29

'TI DDIM 'DI bod yn ateb dy ffôn…'

Cododd Cêt ei hysgwyddau, fel petai hi'n poeni dim. 'Falle bo' fi ddim eisie gwrando arnot ti'n mynd mlân a mlân am y newyddion ffantastig.'

'Newyddion?'

'Ma Caron 'nôl! W-hw!' Pwniodd yr awyr. 'Ie, hen bitsh, on'd ydw i?'

'Paid bod yn ddwl.' Camodd Iwan tuag ati. Fe gamodd hi'n ôl.

'Paid esgus, Iwan. Dwi'n gwbod yn iawn mor bles wyt ti bod BFF ti'n ocê.'

'Odw, wrth gwrs bo' fi'n falch. Falle ga i lonydd 'da'r polîs nawr. A dwi ffaelu aros iddi ddihuno… i fi ga'l rhoi llond pen iddi am yr holl hasl mae 'di achosi! Ond sdim hast arna i. Galla i aros nes ar ôl y parti.'

'Ti dal eisie mynd?' Roedd syndod yn y llais bach, llon.

'D… dwi dal eisie mynd gyda ti, odw.'

Chwaraeodd Cêt gyda gwaelod ei chrys-T, gan ei dynnu i lawr ymhellach dros ei bol a thop ei choesau.

'Wedyn bydd pawb yn gwbod,' sibrydodd hi.

'Bydd pawb yn gwbod,' ategodd Iwan.

'Wel, dim cweit pawb…' meddai Cêt.

'Weda i wrth Caron 'yn hunan – pan benderfynith hi ddihuno. Ac unweth bydda i wedi cwpla rhoi llond pen iddi!'

Giglodd y ddau. Edrychon nhw ar ei gilydd. Estynnodd Cêt ei llaw a chyffwrdd ym mlaen ei fysedd. Aeth sioc drydanol trwy ei chorff. Cydiodd Iwan yn ei llaw a'i thynnu hi tuag ato. Gwasgodd hi ei siâp meddal yn erbyn ei gorff. Fe allai ei deimlo'n galed yn ei herbyn. Roedd hynny'n ei chyffroi. Cusanodd e, cusan hir. Roedd yna wres bendigedig rhyngddyn nhw. Anghofiodd Iwan am yr hasl, am yr heddlu. Bu bron iddo anghofio am Caron a'r holl gwestiynau oedd yn dal i'w flino. Stopiodd. Ochneidiodd.

'Ma 'da fi rwbeth i ofyn iddi,' meddai Iwan wedyn.

'Pwy?'

'Caron.'

'*For god's sake*, Iwan.'

Roedd hi'n flin, ond roedd rhaid iddo gael gwybod.

'Ei thad – o'dd e 'di ffeindio rhwbeth yn ei stafell hi… Condom. A cyn i ti weud dim byd – na, dyw e ddim byd i neud â fi!'

Agorodd Cêt ei cheg led y pen. Symudodd yn anghyfforddus o un goes i'r llall. Yna rhoddodd wên fach iddo, gwên fach swil.

'Dwi'n gwbod,' meddai Cêt yn dawel.

'Hmmm?'

'Ni o'dd â'r condom, Caron a fi.' Gwelodd Cêt ei lygaid yn agor, yn syn. 'Na, dim byd fel'na! O'dd Lydia Angharad 'di bod yn brago'i bod hi wastad yn cadw un yn handi – rhag ofn bydde angen un…' Dechreuodd Cêt chwerthin. 'Crinj braidd! Fel 'se hi'n ca'l secs bob munud.'

Tawelodd wrth sylweddoli beth roedd hi wedi ei ddweud o'i flaen. Yna ailddechreuodd ei stori.

'O'dd hi'n mynd ar 'yn nyrfs ni, Lydia Angharad, yn dangos ei hunan o flân y bois i gyd, so agores i ei bag hi tra bod hi'n clebran 'da'i mêts a dwgyd y condom. Jôc o'dd e – i weld pa mor glou fydde hi'n sylwi – pa mor glou fydde *crisis*, prinder condoms fydde'n dod â'i *sex life* hi i stop. Yn rhyfedd iawn, ni dal heb glywed dim byd wrthi…'

Gwenodd Iwan ar y stori.

'Wedodd tad Caron bod y condom wedi diflannu. O'dd e'n becso bod Caron wedi'i ddefnyddio fe!' meddai wrth Cêt.

'Ha! Gyda pwy?'

'Wel, sai'n gwbod. 'Na pam dwi'n holi ti.'

'O, god. Ma hyn mor *embarrassing*.' Edrychodd Cêt ar ei thraed. Cododd ei phen a gwneud wyneb ar Iwan. Roedd hi eisiau dweud a ddim eisiau dweud yr un pryd.

'Naethon ni, ti'mod… agor y pacyn… jyst i weld beth o'dd e.'

'Ymchwil ife?' chwarddodd Iwan.

'Rhwbeth fel'na.'

'A beth ffindoch chi?'

'Balŵn bach, *basically*… ond un handi yn y lle iawn, ar yr amser iawn, dwi'n siŵr.'

Cododd Cêt ei haeliau. Gwridodd Iwan ar hyd ei fochau a'r holl ffordd i lawr at ei wddf. Dyna pryd roedd e'n gwybod – roedd e'n gwybod pwy oedd e'n ei charu.

30

G WICH Y TWLL llythyrau a'r sibrydiad lleiaf, fel llais o'r gorffennol. Carden bost wedi'i phoeri ar y mat, yn boenus o glir.

Mor amlwg â'r dydd. Mor ddigywilydd â'r glaw.

Cododd Caron hi i'w harbed rhag Sam, a'i gyfarth aflafar.

Roedd y gacen newydd ddod o'r ffwrn ac roedd hi ar fin dechrau rhoi eisin arni. Roedd wedi rhuthro at y post rhag ofn bod yna rywbeth i'w thad ar ei ben-blwydd.

Gwenodd Caron ar y garden bost yn ddifeddwl. Roedd meddwl am rywun ar ei wyliau yn ddigon i greu atgofion ac i godi calon. Pwy o'n nhw'n nabod oedd ar eu gwyliau? Hen ffrind i Dad, mae'n rhaid. Roedd ffrindiau Caron yn fwy tebygol o rannu selffi ar Instagram – rhoi eu hunain yn y pictiwr – yn hytrach na mentro y bydden nhw wedi cyrraedd adre cyn y newyddion ar garden.

Hardd, cofiodd feddwl mor hardd oedd y llun. Fflachiadau o liw, fel y gors ar ei gorau. Lliwiau trofannol. Yr awyr yn annaturiol o las. Gwyrdd y coetir ffawydd. Pinc llachar blodyn y neidr a phorffor porfa'r morfa. Byd arall. Bywyd arall. Teimlodd ei phen yn troi. Gwelodd y llun fel petai'n gwylio glaw yn dawnsio ar winsgrin, yn creu lluniau seicedelig. Fel mordaith Madog, y realiti ddim cweit cystal â'r freuddwyd.

Oedd ei thad yn gwybod rhywbeth am y garden? Os oedd e wedi ei gweld, pam nad oedd e wedi ei chodi?

Yn ei stafell wely, astudiodd Caron hi'n fanwl, y lliwiau llachar yn mynnu sylw. Doedd dim cyfarchiad. Dim 'Annwyl' na 'Helô', a doedd dim llofnod. Roedd yr ysgrifen yn daclus, fel petai rhywun wedi trio'n galed i'w chael yn iawn. Plentyn yn ymarfer ysgrifennu'n sownd. Neu, oedolyn yn ymarfer ysgrifen wahanol. Rhywun yn trio'n galed i beidio â bod yn nhw, a thrwy hynny yn ei gwneud hi'n glir fel cloch pwy oedden nhw.

Fel lleidr â'r masg am ei lygaid a'r bag swag ar ei gefn.

Bu diflaniad ei mam yn anodd iddi. Erbyn hyn, allai hi ddim cofio'r diwrnod pan sylweddolodd nad oedd hi'n dod yn ôl.

'Ble ma Mam?' arferai ofyn pan oedd yn ifancach.

'Paid ti poeni, bydd popeth yn iawn.'

Dad yn ceisio ei chysuro, ond yn gwneud hynny heb ateb y cwestiwn, heb grafu'r grachen, dim ots faint roedd hi'n cosi.

Roedd e'n iawn. Mi oedd popeth yn iawn, hi a Dad, ond ddaeth hi ddim yn ôl.

Dirgelwch.

Edrychodd Caron ar y garden bost eto. Fe fyddai'n holi Dad am y dirgelwch pan ddeuai adre. Ond pan gyrhaeddodd ei thad fe wnaeth rhywbeth amdano atal Caron rhag gwneud. Fe ddaeth e trwy'r drws ar frys a chlywodd e'n tynnu ei fŵts, yn hongian ei got ac yn rhoi ei het a'i fenig yn y fasged. Yna, roedd yna dawelwch am funud fach cyn iddi glywed sŵn ei draed yn troedio ar hyd y coridor.

'Haia, pwt,' galwodd a chwilio anialwch y bwrdd gyda'i lygaid. 'Dim post?' gofynnodd mor ddidaro ag y gallai.

'Dim byd,' atebodd hithau'n ddiniwed, gan ymuno yn y gêm.

Teimlodd Caron ei lygaid arni. Doedd e ddim yn ei chredu.

'Dim *junk mail* hyd yn oed?'

Siglodd ei phen. Un gyfrinach fach oedd hon. Ond roedd Mam a hi yn gyfarwydd â chuddio cyfrinachau.

Fe brynodd Mam bâr o fŵts iddi un tro. Bŵts i'w dangos i'r byd, nid rhai i'w gwisgo ar y gors. Roedden nhw'n wyrdd ac yn sgleiniog, yn dod hanner ffordd hyd at ei phen-glin, a lasys du yr holl ffordd i fyny. Roedd chydig bach o sawdl hefyd. Roedd hi'n teimlo fel merch fawr oherwydd y sawdl.

Doedd Dad ddim yn eu hoffi o gwbwl. Roedd hynny'n amlwg.

'Faint o'n nhw?' gofynnodd yn sur.

'Ddim yn ddrud,' atebodd Mam yn syth.

'Galli di fynd â'r bŵts 'nôl i'r siop – os o'n nhw'n ormod,' meddai Caron wrth Mam amser gwely.

'Na. Fi brynodd rheina i ti, gyda fy arian i. Ma 'da fi botyn bach o bres. Dim ond ti a fi sy'n gwbod.'

'Pam so ti'n gweud wrth Dad?'

Meddyliodd Mam am funud.

'Dwi'n trefnu trip, ar gyfer ei ben-blwydd e. Syrpréis. Alla i ddibynnu arnot ti, alla i?'

Nodiodd Caron ei phen yn frwd, yn falch o rannu cyfrinach oedolion.

Trefnu trip i Dad ar ei ben-blwydd, dyna ddwedodd hi. 'Fyddi di'n iawn am bach hebdda i, merch gryf fel ti?' roedd wedi gofyn iddi. Ac roedd Caron wedi nodio, yn methu deall pam oedd Mam yn crio wrth feddwl am fynd ar wyliau. Ond ar ôl i'w mam fynd a'u gadael nhw, roedd Caron wedi gofyn iddi hi ei hun droeon: sgwn i? Ai dyna oedd pwrpas y pres? Trip pen-blwydd i'w mam a'i thad? Neu oedd ei mam wedi bod yn cynllunio taith arall ers sbel? Nawr roedd Caron yn gwybod. Dim yn gwmws ble oedd hi. Ond ble yn y byd. Rhan o'r byd lle roedd yr awyr yn las bob dydd. Do'n nhw ddim yn byw dan yr un to ers blynyddoedd. Hi a Mam. Ond roedden nhw dan yr un haul. Ac un diwrnod fe fyddai Caron yn mynd yno i'w gweld hi. Ond dim eto.

31

'FE DDWEDOCH CHI fod mam Caron – Mrs Elinor-Ann Jones – wedi marw. Ond dyw hynny ddim yn wir, yw e, Mr Jones?'

Roedd Rhys wedi gwrthod y cynnig i eistedd yn ei gartre ei hun. Teimlodd gownter y gegin yn galed yn erbyn ei gefn.

'Pwy a ŵyr?'

'Rhys, ry'n ni yma i helpu. Ond er mwyn i ni helpu'n gilydd ma'n rhaid cydweithio... Elinor-Ann: dyw hi heb gael ei chofrestru fel person marw na pherson ar goll.'

'Gerddodd hi mas. Fuodd hi farw i fi y diwrnod hwnnw.'

Roedd croen y Ditectif Arolygydd yn llyfn, ei thalcen yn ddi-grych. Roedd amynedd Job gan hon.

'Ond mae hi'n fyw.' Dweud oedd hi.

'Wrth gwrs ei bod hi. Beth o'ch chi'n feddwl, 'te? Bo' chi ar fin dala llofrudd? Bo' fi 'di claddu hi yn yr ardd, drws nesa i Pwdin y gath?'

Sythodd Rhys heb air ymhellach, a Sam wrth ei gwt. Fuodd e ddim yn hir. Roedd e'n gwybod yn iawn am beth roedd e'n chwilio a ble byddai'n eu ffeindio nhw. Chwydodd y cardiau post mas ar y bwrdd.

Estynnodd D.I. Prasanna un llaw denau, yr ewinedd wedi'u trin, ond gewin canol y llaw dde wedi torri. Cododd y cerdyn cyntaf a'i droi er mwyn gweld oedd yna neges ar y cefn.

'Does dim llofnod arnyn nhw. Ond ry'ch chi'n gwybod wrth bwy mae'r cardiau?'

Nodiodd Rhys.

'Wel?'

'Hi. Un bob blwyddyn ar ddiwrnod fy mhen-blwydd. Yr un neges bob tro – "O, na fyddai'n haf o hyd". Mae hi eisie neud yn siŵr bo' fi ddim yn ei hanghofio hi. Mae'n gwbod yn iawn nelen i fyth hynny.'

Carden i nodi'r achlysur, i ddweud ei bod hi byw, a'i bod yn meddwl amdanyn nhw. Dim digon o feddwl i ddod 'nôl atyn nhw i fyw chwaith. Gair o gyfandir arall, yn cymryd yn ganiataol ei fod e'n styc yn yr un hen le, heb symud ymlaen o gwbwl.

Trodd y ditectif y cerdyn eto. Astudiodd y llun llachar.

'Lle braf iawn.'

'Odi, sbo,' atebodd Rhys heb gredu hynny.

'Ydych chi'n nabod y lle?'

'Na, ond ffindes i mas, diolch i Google. Iraklia, ynys fach yng Ngwlad Groeg. Paradwys 'sen i'n gweud.'

'Ynys Iraklia?'

''Na beth ddwedes i.'

'Bach o gyd-ddigwyddiad, so chi'n meddwl?'

'Sai gyda chi nawr.'

'Elinor-Ann Jones, mam Caron, yn byw ar ynys. A Caron, ei merch – eich merch chi'ch dau – yn cael ei ffeindio ar ynys fach ar y gors.'

'So Caron yn gwbod am y cardie.'

'Chi'n hollol siŵr o hynny?'

Rhoddodd y ditectif y garden yn ôl ar y pentwr a thapio ei llaw yn ysgafn ar ei phen.

'Odw...'

'Ydych chi?'

'Wel, nagw... ond... fydde hi wedi gweud rhwbeth...'

'Merch bymtheg oed? Falle... Falle ddim... Falle'i bod hi'n chwilio am rywbeth. Fel Madog, yn breuddwydio am baradwys...'

Oedodd Rhys cyn ateb.

'Dwi newydd gofio rhwbeth – ches i ddim carden eleni. O'n i'n meddwl ei fod e'n od ar y pryd.'

Cofiodd iddo ddod adre'n gynnar y diwrnod hwnnw, yn disgwyl gweld Caron yn chwerthin yn iach wrth gyflwyno ei hymdrech i wneud cacen ben-blwydd. Y sbwnj wedi bod yn y ffwrn yn rhy hir fel arfer a'r eisin wedi ei daenu cyn iddi oeri, ond yn ffein iawn. Ond doedd hi ddim wedi dechrau eiso eleni ac roedd hi wedi mynnu bod yna ddim byd yn y post. Doedd e ddim wedi ei chredu am hynny chwaith. Torrodd y ditectif ar ei atgofion.

'Gan eich bod chi'n gwbod ble mae hi, falle y byddai'n werth i chi drio cysylltu ag Elinor-Ann…'

Chwarddodd Rhys yn fflat. Cododd Sam un glust. Hyd yn oed petai e eisiau, fyddai Rhys ddim yn gwybod ble i ddechrau.

32

'Caron?' meddai'r llais wrth ei hochr.

Roedd y gair yn swnio'n iawn, yn felys-gyfarwydd.

Ie, Caron. Dyna pwy oedd hi. Roedd hi wedi blino achos roedd hi wedi bod ar siwrne.

'Glywest ti beth ddwedes i wrthot ti, bach? Fy stori i? Ein stori ni?' gofynnodd y llais mwyn.

Do, fe glywodd Caron bob gair. Fe deimlodd y cylch bach yn mynd ar ei bys. Cylch cariad. Pan fyddai'n dod o hyd i'r geiriau fe fyddai'n eu poeri nhw mas yn gors wyllt. Fe fyddai'n rhannu'r cwbwl gyda'r person yma. Roedd y cysgod hwn yn gyfarwydd iddi ac roedd ei enw, wel, ar flaen ei thafod… Fe fyddai'n dod iddi, yr enw. Gwyddai yn ei chalon ei bod hi ar fin troi'r ddalen ar stori fawr.

Symudodd ei gwefusau. A chydag un ymdrech fawr meddai, 'Dwi eisie mynd gatre i'r gors. Dad…?'

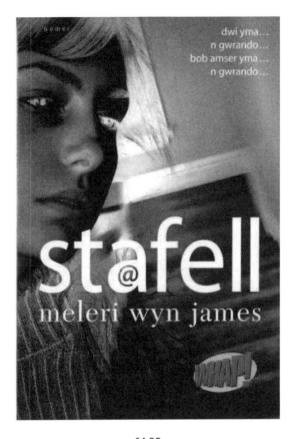

£4.99

Gomer

hlo
brian@an!:)

meleriwynjames

f sy piau'r ffôn! be m gyfarfod? :)

£2

£2

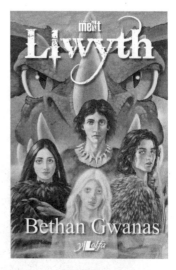

CYFRES mellt

Cyfres o nofelau gan awduron amrywiol ar gyfer Blwyddyn 7–9

£5.95

£5.95

£4.95

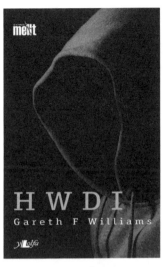

£4.95

£4.95

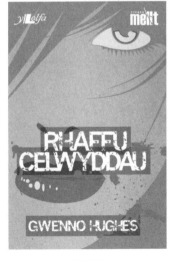

£4.95

£20

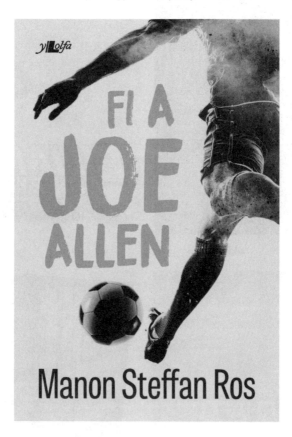

£5.99

£5.99

Holwch am bris argraffu!
www.ylolfa.com